THÉÂTRE I

DE L'AUTEUR

BIOGRAPHIE

Robert Badinter est né à Paris en 1928. Avocat au barreau de Paris et professeur de droit, il fut nommé ministre de la Justice en juin 1981 par François Mitterrand. Il fit voter l'abolition de la peine de mort en France et prit de nombreuses mesures en faveur des libertés individuelles, des droits des victimes et de l'amélioration de la condition des détenus. Robert Badinter a présidé le Conseil constitutionnel de 1986 à 1995 et fut sénateur des Hauts-de-Seine de 1996 à 2011. Il est l'auteur de nombreux ouvrages juridiques et littéraires.

OUVRAGES

L'Exécution, Grasset, 1973 ; Fayard, 1998.
Condorcet (en collaboration avec Élisabeth Badinter), Fayard, 1988.
Libres et égaux... L'Émancipation des Juifs, 1789-1791, Fayard, 1989.
Une autre justice (collectif), Fayard, 1989.
La Prison républicaine, Fayard, 1992.
C.3.3., précédé de *Oscar Wilde ou l'injustice*, Actes Sud Théâtre, 1995.
Un antisémitisme ordinaire, Fayard, 1997.
L'Abolition, Fayard, 2000.
Une Constitution européenne, Fayard, 2002.
« Le plus grand bien... », Fayard, 2004.
Contre la peine de mort, Écrits, 1970-2006, Fayard, 2006.
Les Épines et les roses, Fayard, 2011.
Le Travail et la loi (en collaboration avec Antoine Lyon-Caen), Fayard, 2015.
Idiss, Fayard, 2018.

Robert Badinter

THÉÂTRE I

Cellule 107

Les Briques rouges de Varsovie

C. 3. 3.

Fayard

La pièce *C. 3. 3.* précédée de *Oscar Wilde ou l'injustice* a d'abord été publiée en 1995 par ACTES SUD.

Couverture : Hokus Pokus Créations
Photo de l'auteur © Joël Saget, AFP

ISBN : 978-2-213-71836-1
Dépôt légal : mars 2021

À Pierre Barillet

Avant-propos

J'ai toujours aimé passionnément le théâtre. Au lendemain de la guerre, j'ai découvert son pouvoir d'envoûtement du troisième balcon où se juchaient les étudiants. À l'époque, le théâtre était florissant à Paris. Aux chefs-d'œuvre classiques interprétés par des acteurs renommés s'ajoutaient à chaque saison des pièces nouvelles de ceux qu'on appelait alors les « existentialistes » : Sartre, Camus, Beauvoir, ou d'auteurs moins engagés : Anouilh, Aimé, Ionesco, Montherlant et bien d'autres encore. La représentation achevée, je ramenais chez elles à pied des jeunes filles aux jupes longues *new look*. Nous débattions sans fin des mérites comparés des œuvres et des acteurs. Je me souviens encore de Gérard Philipe, debout au milieu de la scène, à la fin de la tirade du *Cid*, mis en scène par Vilar, tirant l'épée du fourreau et ovationné par le public pendant de longues minutes.

La jeunesse s'est enfuie, mais la passion du théâtre est demeurée. J'ai considéré comme un privilège d'être appelé à siéger au comité de lecture de la Comédie-

Française, écoutant les discussions de grands professionnels qui aimaient leur art. En un mot, j'ai toujours été « accro » au théâtre. L'âge venu, je m'y rends moins souvent. Mais le théâtre demeure pour moi un lieu d'enchantement.

Une telle passion devait porter ses fruits. J'ai écrit en secret des pièces de théâtre. Nombre d'ébauches ont pris le chemin de la corbeille à papier. Mais quelques-unes ont échappé à ces excès de dépit amoureux. Les voici sous le titre optimiste de *Théâtre I*, rêvant que, peut-être, je publierai un *Théâtre II*...

Au lecteur d'être, par la grâce de l'imagination, le metteur en scène et l'acteur de ces pièces. Frappons les trois coups. Instant magique, le rideau se lève...

CELLULE 107

Introduction

Quand j'appris, au cours de recherches sur la justice de l'épuration, que Pierre Laval, lors de sa dernière nuit, avait eu pour interlocuteur René Bousquet dans sa cellule à Fresnes, je demeurai étonné. Aucune mention n'est faite du contenu de cet entretien dans les nombreux ouvrages consacrés au procès et à l'exécution de Laval, en octobre 1945. À l'évocation de cette ultime rencontre entre ces deux hommes marqués d'infamie, mon imagination s'éveilla. Chacun avait œuvré, dans le cadre de ses fonctions officielles sous Vichy, à la réalisation de crimes contre l'humanité.

Ce dialogue entre Laval et Bousquet s'était déroulé dans la cellule de Laval, sans témoin. Laval, après avoir tenté de se suicider avec du cyanure dissimulé dans la doublure de son manteau, avait été ranimé *in extremis* à l'aube et mené, titubant, jusqu'au poteau d'exécution. Il n'avait donc rien dit de cet entretien. Bousquet n'en avait fait état que dans une lettre à Josée Laval[1]. Le mystère sur la teneur de leurs propos demeurait entier.

À défaut de connaître la vérité, j'imaginai cet ultime dialogue entre Laval, qui sait qu'il va mourir, et Bousquet, convaincu qu'il se sortira au mieux de son épreuve judiciaire.

Singulière entreprise que de faire dialoguer ces deux hommes. Laval, que j'exécrais depuis mon adolescence sous l'Occupation, incarnait pour moi, comme pour la grande majorité des Français, la collaboration avec l'Allemagne nazie. Bousquet avait joué un rôle odieux à la tête de la police de Vichy, notamment dans la persécution et la déportation des Juifs de France, d'avril 1942 à décembre 1943. Ce qui m'avait frappé, dans le destin judiciaire de ces deux hommes, c'était leur volonté de se présenter devant la Justice française de l'époque. Bousquet avait été appréhendé en Bavière, en avril 1945, où ses amis de la Gestapo l'avaient placé en résidence surveillée dans une villa. Il avait été interrogé par les services secrets américains. À l'issue de ces auditions, ceux-ci lui auraient offert de gagner les États-Unis avec sa famille sous une nouvelle identité. Bousquet avait choisi d'être remis aux autorités françaises en déclarant à ses proches que : « Pour lui, tout se passerait bien »... Ce fut effectivement

1. Lettre de René Bousquet à Josée Laval, non datée, Archives de la Fondation Josée et René de Chambrun, citée par Renaud Meltz, *Pierre Laval, un mystère français*, Perrin, 2018, p. 1091.

le cas. Mis en liberté provisoire en juillet 1948, René Bousquet fut acquitté par la Haute Cour de justice le 23 juin 1949, après trois jours d'audience. De surcroît, dans son arrêt, la Cour de justice le releva de l'indignité nationale au regard des services qu'il avait rendus à la Résistance… Muni de cette décision, Bousquet fit une brillante carrière dans le monde des affaires, avant que ses crimes ne soient dénoncés publiquement en 1978 par Darquier de Pellepoix, ancien Commissaire aux questions juives. Il fut inculpé pour crimes contre l'humanité, et tomba, en 1993, sous les balles d'un déséquilibré qui se voulait justicier.

Quant à Laval, l'homme le plus détesté de France après la Libération, il avait joué sa vie en décidant, en août 1945, de rentrer d'Espagne en France plutôt que de gagner l'Irlande ou une dictature d'Amérique latine où il aurait obtenu l'asile politique. Présomption d'un homme politique convaincu de son habileté ? Lassitude devant la perspective de devenir un exilé sur une terre étrangère, lui qui était demeuré, à travers toutes les péripéties d'une carrière exceptionnelle, un paysan enraciné dans sa terre d'Auvergne ? Ce suicide judiciaire – car c'en était un à ce moment de l'histoire – demeure un mystère chez un homme qui n'était que ruse, calculs et mensonges. Mais ce choix l'a conduit à une mort qu'il redoutait autant qu'il la défiait.

Winston Churchill écrit dans ses *Mémoires de guerre* : « La honte de son destin et de sa conduite ultérieure ne doit pas faire oublier ce qu'il y avait en Pierre Laval de force et de compétence[1]. » Aujourd'hui, l'histoire de cette époque a progressé. Nous ne saurions partager les vues du grand homme d'État britannique. Mais c'est dire que la personnalité de Laval ne se résume pas dans les seuls qualificatifs de traître et de criminel. Il fut cela, mais pas seulement cela. Cette complexité n'excuse pas ses crimes.

Ces destins si proches et si différents ont constitué tous deux des échecs pour la Justice française. De leur rencontre réelle est né ce dialogue imaginaire à la prison de Fresnes, cellule 107, dans la nuit du 14 au 15 octobre 1945.

1. Winston Churchill, *Mémoires de guerre*, traduction François Kersaudy, éditions Tallandier, tome I, p. 111, 2013.

PERSONNAGES

PIERRE LAVAL, ancien président du Conseil des ministres de la IIIe République, vice-président du Conseil des ministres sous le régime de Vichy

RENÉ BOUSQUET, préfet, secrétaire général de la police de Vichy

UN GARDIEN de la prison de Fresnes

UN SURVEILLANT-CHEF de la prison de Fresnes

UN OUVRIER d'Aubervilliers

UN RÉSISTANT condamné à mort par la Section spéciale de Lyon

UNE PETITE FILLE déportée à Auschwitz après la rafle du Vél' d'Hiv'

La pièce se déroule entièrement dans la cellule de Pierre Laval, n° 107, quartier des condamnés à mort, première division de la maison d'arrêt de Fresnes.

Scène 1

Au lever de rideau, deux surveillants sont seuls dans la cellule de Pierre Laval. C'est le soir. Une ampoule électrique accrochée au plafond répand une faible lumière. Les deux hommes inspectent les lieux. Mais ils ne touchent pas aux dossiers empilés sur une étagère, à côté d'une valise entrouverte sur des cartouches de cigarettes américaines. Des papiers sont posés sur un panneau ouvert, scellé dans le mur, qui sert d'écritoire. Tout est soigneusement rangé dans la cellule, notamment les dossiers et les feuillets couverts de l'écriture de Laval.

LE GARDIEN *(s'adressant au surveillant-chef)* — Alors, chef, vous pensez que c'est pour demain matin ?

LE SURVEILLANT-CHEF — Oui. Le directeur m'a dit de faire une dernière fouille dans la cellule. Il a autorisé ses avocats à le voir ce soir exceptionnellement.

Comme on l'emmènera demain matin au fort de Châtillon pour l'exécution, il n'aura pas le temps de s'entretenir avec ses avocats. C'est pour ça que le directeur les a autorisés à rester avec lui aussi tard. Il préfère que ce soit eux qui le préviennent. Mais je ne crois pas qu'ils en aient le courage.

Le directeur m'a dit de ne pas lui remettre les chaînes aux chevilles. C'est bien. Moi aussi, ça me gêne de voir des hommes entravés comme des animaux dangereux. Et puis, à son âge et dans son état...

LE GARDIEN — C'est peut-être aussi par rapport à ce qu'il a été, notre client. *(Désignant de la main la grosse serviette noire posée sur le lit et marquée en lettres d'or « Pierre Laval. Président du Conseil ».)* On n'a pas ici tous les jours un ancien président du Conseil. J'avais vu des ministres en prison. Mais un président, ça jamais.

C'est vrai qu'il est facile à vivre et toujours aimable. On voit qu'il a été élevé petitement, que son père tenait une auberge à Châteldon. D'ailleurs, il ne fait pas faute de le rappeler.

(Un temps de silence.) Du bistrot de papa à la présidence du Conseil, c'est un beau parcours. Dommage pour lui qu'il ait dérapé en fin de trajet. Mais c'est bien qu'il n'ait jamais caché ses débuts difficiles. Au contraire.

LE SURVEILLANT-CHEF — Tu ne vois pas que c'était par intérêt politique ? Rien de mieux que d'être un fils du peuple pour être candidat. Surtout dans un arrondissement populaire, dans la banlieue de Paris.

LE GARDIEN — En tout cas, il est pas fier.

LE SURVEILLANT-CHEF *(ironique)* — Au moment des élections, j'en suis sûr ! Mais ça, c'est le passé. Depuis lors, il y a eu la défaite, Vichy, l'Occupation, la collaboration, la fuite en Allemagne. On est loin des meetings de jadis, quand il était socialiste. Maintenant, il est ici, à Fresnes, au quartier des condamnés à mort. Quelle dégringolade !

Scène 2

On entend des voix dans le couloir.

VOIX DE PIERRE LAVAL — Merci encore, mes chers confrères. À demain matin, pour finir ces lettres.

VOIX OFF — Comptez sur nous, président, nous serons là à 8 heures.

La porte de la cellule s'ouvre. Entre Pierre Laval, en costume de bure pénitentiaire. Il est voûté, ravagé, vieilli. Il tient des papiers à la main.

PIERRE LAVAL — Tiens, vous êtes là, à cette heure-ci, pour une fouille de plus ? *(Ironique.)* Je ne vous en veux pas. Je sais que la décision vient de haut. Inutile de vous fatiguer, il n'y a rien de plus dans cette cellule que ce matin. Mais si vous voulez me fouiller aussi, de crainte qu'un de mes avocats n'ait amené une arme, allez-y, vous serez rassuré.

LE SURVEILLANT-CHEF *(gêné)* — On vous croit sur parole, Monsieur le Président. On venait seulement remettre de l'ordre dans votre cellule, vous aider à ranger.

PIERRE LAVAL *(ironique)* — Merci, je déteste le désordre.
(Soupçonneux.) Mais pourquoi cette nuit ? Vous pourriez le faire demain matin. On veut me changer de cellule ?

LE SURVEILLANT-CHEF — C'est peut-être ça. Vous remettre avec les autres à la 3e division.

PIERRE LAVAL — Ça voudrait dire la grâce ? Je n'y crois pas. Et pourtant, au fond de moi, j'espère toujours. L'instinct de vie demeure, même ici. Ce doit être mon fonds paysan.
(Il s'arrête un instant. Puis se ressaisissant.) Allons, si vous avez fini, laissez-moi.
(Ironique.) Je vous promets de ne pas m'évader cette nuit.

Les gardiens gênés se dirigent vers la porte de la cellule qui est restée ouverte. À ce moment-là paraît dans l'encadrement René Bousquet, élégant costume de flanelle grise, chemise blanche à col ouvert.

RENÉ BOUSQUET *(du ton le plus naturel)* — Bonsoir, Monsieur le Président. Je viens vous tenir un peu compagnie, avec l'accord du directeur. Ça ne vous dérange pas, j'espère ?

Les deux hommes se serrent la main.

PIERRE LAVAL — Je vous savais fort, Bousquet. Mais ça, je n'en reviens pas. Une visite nocturne ! Vous êtes plus que bienvenu, asseyez-vous.

Il lui désigne le tabouret à côté de la tablette. Lui-même s'assied sur le lit. Les deux gardiens s'éclipsent, les laissant en tête à tête.

Scène 3

RENÉ BOUSQUET — J'ai simplement obtenu l'autorisation du directeur, un homme de cœur. Je me suis parfois demandé s'il n'était pas de notre côté.

PIERRE LAVAL *(soupçonneux)* — Il ne vous a rien dit d'autre ?

Geste de dénégation de la tête de Bousquet.

PIERRE LAVAL — C'est quand même étrange, ce soir, toutes ces dispositions en ma faveur, les avocats qu'on laisse venir me voir après l'heure des visites, et puis vous, que le directeur autorise à se rendre le soir au quartier des condamnés à mort.

Un temps de silence. Bousquet ne dit rien.

PIERRE LAVAL — On n'exécute pas le dimanche. Mais la décision est prise, ils vont me fusiller demain matin. Et le directeur est au courant.

(Fixant Bousquet.) Et vous aussi.

RENÉ BOUSQUET *(protestant).* Mais non, Président, qu'allez-vous chercher là !

Les deux hommes se dévisagent quelques instants en silence.

PIERRE LAVAL — Au fond de moi-même, je le sais. Depuis mon retour à Paris, j'ai compris que c'était joué d'avance. Je croyais que j'aurais un procès équitable où je pourrais enfin m'expliquer. Un vrai procès pour l'Histoire, pas cette parodie de justice qu'on m'avait préparée.

Alors, quand on m'a mené ici, au quartier des condamnés à mort, dans ce costume de bure, les chaînes aux pieds, le dénouement, je le connaissais déjà.

Bousquet regarde Laval avec intensité. Le silence règne dans la cellule pendant un bref moment. Puis Bousquet reprend la parole, sans contredire les propos de Laval.

RENÉ BOUSQUET — Si vous le permettez, président, je voudrais vous poser une question qui me trouble depuis votre retour. J'avais écrit à votre fille Josée en juillet : « Surtout qu'il ne revienne pas, qu'il laisse le temps faire son œuvre, pour que la justice puisse œuvrer en toute sérénité. » Pourquoi êtes-vous rentré si tôt en France ?

PIERRE LAVAL — À ma demande d'asile, Franco m'a fait répondre par son ministre des Affaires étrangères, ambassadeur à Paris pendant l'Occupation : « Je ne peux pas accueillir le président Laval, même s'il s'est toujours bien comporté avec nous. Mais je peux le garder pendant trois mois, le temps qu'il trouve ailleurs un asile politique. L'avion qui l'a emmené en Espagne est là. Il sera prêt à le mener où il voudra, en Irlande ou dans un État d'Amérique du Sud. Pour sa sécurité, nous allons le loger avec Mme Laval, en forteresse à Barcelone. Ils y seront traités en hôtes, pas en détenus. Mais je ne pourrai pas, dans le climat international actuel, faire mieux que le garder trois mois en Espagne. »

RENÉ BOUSQUET — C'était une manière pour Franco de se débarrasser de vous sans se brouiller avec la France. Mais pourquoi n'avoir pas suivi cette voie ouverte et gagné l'Irlande par exemple ?

PIERRE LAVAL *(avec un brin d'emphase)* — Je ne voulais pas fuir. Un président du Conseil ne fuit pas devant la justice de son pays !

RENÉ BOUSQUET — Mais Gabolde, votre garde des Sceaux qui avait quitté l'Allemagne avec vous, n'a pas voulu rentrer en France ! Il a préféré demeurer en Espagne.

PIERRE LAVAL — Gabolde ne voulait sans doute pas affronter ses collègues magistrats. *(Avec un sourire ironique.)* Il les connaît trop bien… Moi, c'était pour les Français que je voulais comparaître, pour qu'ils sachent la vérité sur mon action.

RENÉ BOUSQUET — Mais vous deviez connaître l'opinion publique en France par la presse espagnole. Moi-même, ici, je savais ce qui se passait. Vous n'aviez aucune chance d'être jugé impartialement par cette Haute Cour composée de magistrats aux ordres et de jurés résistants. Alors pourquoi rentrer en France si vite ? Le temps travaillait pour vous.

PIERRE LAVAL — Je n'aime pas fuir, me dérober. Et je voulais montrer aux Français que tout ce que j'avais fait pendant ces années-là, c'était pour les protéger. Je voulais rétablir la vérité. J'y tenais plus qu'à la vie.

(Souriant un peu.) Je crois qu'on appelle ça l'honneur.

RENÉ BOUSQUET — Mais enfin, président, vous n'étiez pas forcé de rentrer tout de suite ! Vous pouviez attendre à l'étranger, écrire des livres. Quand le climat politique aurait été différent, vous auriez pu revenir, comparaître devant une juridiction qui n'aurait pas été composée sur mesure pour vous condamner. Et à ce moment-là, vous auriez eu un vrai procès. Pas un simulacre de justice.

PIERRE LAVAL — Vous ne me connaissez pas, Bousquet. Je suis un paysan. Et un paysan ne fuit pas. Je ne veux pas jouer les héros, Bousquet, mais je pensais pouvoir convaincre mes juges, et au-delà d'eux les Français. Sans moi, leur sort eût été pire encore. J'ai assuré, tant bien que mal, leur ravitaillement, leur chauffage. Pensez aussi aux prisonniers de guerre. 1 800 000 hommes, c'étaient autant d'otages qu'Hitler détenait. J'ai créé pour eux la Relève, l'échange de prisonniers contre des ouvriers français allant travailler en Allemagne. Je voulais que les Français sachent que je les ai toujours servis, défendus.

Il se rassied sur le lit dont il s'était levé. Un instant de silence. Laval allume une cigarette américaine sortie d'un paquet. Il fume nerveusement.

PIERRE LAVAL *(d'une voix plus posée)* — Et puis, Bousquet, il y avait ma femme. Eugénie voulait à tout prix rentrer en France. Elle aussi, c'est une paysanne. Elle n'aime que Châteldon où elle est née. Son père en était le maire et son frère le député. *(Avec un sourire.)* Un représentant de la gauche cassoulet.

RENÉ BOUSQUET — Mon père m'en a parlé, il le connaissait un peu.

PIERRE LAVAL — Eugénie a ses racines à Châteldon. Elle a aménagé la demeure familiale, une grande bâtisse. Elle était contente quand j'agrandissais le domaine ou accroissais le cheptel. Elle ne jouait pas à la châtelaine, mais c'est sa maison, elle n'est heureuse que là-bas.

Moi, je n'avais guère de temps libre à Paris. Et je le consacrais d'abord à Josée, notre fille. Elle est ma fierté, ma joie. Je l'ai mariée au plus beau parti d'Auvergne, un descendant de La Fayette, René de Chambrun, un avocat à Paris et à New York.

(Un instant.) Elle est si belle ma Josée, si délicate.

(Sa voix se brise. Il détourne le visage.)

(Se reprenant.) Avec ma femme, c'était différent. Elle n'aimait pas la politique. Elle ne venait que

rarement à Vichy. Mais quand tout s'est effondré, après le Débarquement allié en Normandie, elle m'a rejoint. Les Allemands nous ont forcés à quitter Paris pour Belfort. Et de là, à Sigmaringen, avec toute la troupe des nazillons.

Je ne vous dis pas ce que ça a été pour elle ! Elle dépérissait loin de Josée, de Châteldon et de la France. Elle haïssait les « boches », comme elle les appelle. Elle exécrait Pétain, qui ne nous a même pas invités une fois à dîner à Sigmaringen. Elle détestait aussi son entourage.

Vous connaissez, Bousquet, ce monde de notables provinciaux. C'était l'aristocratie de la République.

RENÉ BOUSQUET *(un peu piqué)* — C'est vrai, Président, mais mon père, lui, n'était qu'un notaire à Montauban.

PIERRE LAVAL — Moi, j'étais le fils du bougnat, pas du notaire. Et on me l'a bien fait sentir au lycée de Lyon, quand j'étais pion pour payer mes études.

Bousquet va répliquer. Mais il se ravise et revient au sujet.

RENÉ BOUSQUET — Mais enfin, Président, même si Mme Laval voulait rentrer en France, vous pouviez attendre en Irlande, gagner du temps. Je l'avais écrit à Josée.

PIERRE LAVAL — Je n'ai jamais reçu cette lettre. Mais j'étais convaincu que dans un procès public, devant la presse, je pourrais montrer que tout ce que j'avais fait pendant l'Occupation, c'était pour le bien du pays.

RENÉ BOUSQUET — Oui. Mais les Français en majorité voulaient la défaite de l'Allemagne, pour les venger de 1940 ! Ils ne vous ont pas pardonné d'avoir dit en 1942 : « Je souhaite la victoire de l'Allemagne. »

PIERRE LAVAL — On a oublié la suite de la phrase : « Parce que, sans elle, le bolchevisme demain s'installerait partout. » Ça, on l'omet toujours.

En vérité, c'est Pétain qui m'a fait changer cette phrase. Je lui avais adressé le projet de mon intervention comme d'usage. Et cette ganache a dit : « Laval n'est pas un militaire, il n'a pas à préjuger de l'issue militaire de la guerre. Il faut qu'il change la phrase. »

Alors j'ai changé un mot, un seul. Au lieu de « je crois », j'ai écrit « je souhaite la victoire de l'Allemagne ». C'était pire. J'aurais mieux fait de supprimer cette phrase.

RENÉ BOUSQUET — On ne fusille quand même pas un homme pour un mot…

PIERRE LAVAL — Si, quand cet homme est devenu un symbole. Moi, Bousquet, avec cette phrase, je suis devenu le symbole de la collaboration avec les nazis. Tout le reste, tout ce que j'ai fait pour les Français, ça ne compte pas.

Je suis l'homme qui souhaitait la victoire de Hitler, par ambition personnelle. Pétain, lui, avec sa tête de noble vieillard, pouvait faire bonne figure. Moi, pendant ces années-là, j'ai joué le rôle du traître.

(Amer.) Je sais bien que ça collait avec mon physique. Mais moi, Bousquet, j'aime la France comme un paysan aime sa terre.

(Il s'arrête et allume à nouveau une cigarette.)

RENÉ BOUSQUET — J'en suis sûr, Président. Mais vous connaissez les Français. Ils s'enflamment vite, puis la passion retombe. Sauf la détestation des Allemands, des « boches ». L'entrevue de Montoire en octobre 1940, Pétain et Hitler se serrant la main tout sourires, ça leur était insupportable.

Je l'ai bien vu dans la Marne, dont j'étais le préfet. Quand l'été 1940 s'est achevé, sans que les Allemands aient pu envahir l'Angleterre, les gens ont commencé à penser que les Allemands n'étaient pas invincibles. Après, il y a eu l'invasion de la Russie, l'échec devant Moscou puis Stalingrad.

(Il s'arrête.) Mais vous connaissez l'histoire de ces années-là mieux que moi, un petit préfet de province.

PIERRE LAVAL *(ironique)* — Pas si petit que ça, à voir votre promotion rapide. Pour vous nommer préfet de région, en 1941, il fallait qu'on ait confiance en vous, à Vichy, quand Darlan et Pucheu régnaient en maîtres sur l'administration. C'est vrai aussi que Pétain vous avait à la bonne. Il m'a dit à votre nomination : « Ah oui, l'ami des frères Sarraut. Il plaît sûrement aux dames, ce beau garçon gominé. »

(Bousquet esquisse un geste de dénégation.)

Tant mieux pour vous. Ici, ça vous fait des souvenirs. Moi, les femmes, elles ne m'ont jamais vraiment intéressé. Je n'ai jamais aimé que la France. Et Josée, ma fille, par-dessus tout. Mais ça, c'est différent.

(Il tire à nouveau une cigarette du paquet ouvert devant lui et l'allume avec un briquet militaire, à l'ancienne, à mèche. L'air de la cellule s'épaissit de fumée. Laval reprend, nerveusement.)

La vérité, Bousquet, c'est que je me suis bercé d'illusions. J'avais préparé ma défense. J'avais emporté des documents avec moi en quittant la France. J'avais préparé des dossiers sur tout et sur tous.

RENÉ BOUSQUET *(ironique)* — Ça devait peser lourd. Combien de valises ?

PIERRE LAVAL — Une douzaine environ. Quand je suis revenu d'Espagne, les policiers français les ont saisies dès l'arrivée au Bourget. Un juge d'instruction était là. Il m'a dit qu'il les joindrait au dossier. Il est parti en vacances en mettant les pièces dans son armoire et en emportant les clés. Mes avocats n'ont pu les voir qu'à son retour, un mois plus tard.

Le juge avait remis à mes avocats un plan de l'instruction qui comprenait vingt-quatre chapitres. Mais je n'ai eu droit qu'à six séances et l'essentiel a été escamoté. La Chancellerie voulait que tout soit achevé avant les élections à l'Assemblée constituante, le 21 octobre 1945. Comme il n'y avait pas de pourvoi en cassation, on pouvait tranquillement violer les droits de la défense. Il suffisait d'avoir des magistrats dociles.

Je les ai vus à l'œuvre, le président Mongibeaux en tête. Il fallait bien qu'il paye sa promotion : la tête de Laval contre la première présidence de la Cour de cassation, la plus haute fonction de la magistrature française. Je ne peux pas me plaindre, à ce prix-là !

C'est comme son acolyte Mornet, le procureur général. Je le connaissais de longue date. Il avait servi pendant la guerre de 1914-1918, pas dans les tranchées mais au Conseil de guerre de Paris. Il était impitoyable. Il était à la retraite en 1940, mais il a couru à Vichy pour demander à reprendre du service. On l'a nommé président de la Commission de révision des naturalisations. Son rôle était de retirer la qualité de Français à des immigrés venus d'Europe centrale, surtout des Juifs. Une fois déchus de leur nationalité française, on pouvait les placer dans des camps d'internement.

(S'interrompant avec un sourire ironique.) Mais vous savez ça mieux que moi. Si j'ai bonne mémoire, c'est vous, Bousquet, qui les avez fait arrêter en 1942 comme apatrides. Puis livré aux nazis qui les ont expédiés en Pologne.

RENÉ BOUSQUET *(impassible)* — À la demande d'Oberg, le chef de la Gestapo en France, et avec votre accord.

PIERRE LAVAL *(un peu énervé)* — C'était un choix politique : livrer des Juifs étrangers pour sauver les Israélites français. Je n'en rougis pas. Je l'ai dit à la Haute Cour : je voudrais que le jury ne soit composé que d'Israélites français. Ils savent ce que j'ai fait pour eux !

Bousquet fait une moue dubitative.

PIERRE LAVAL — Jamais vous ne trouverez une déclaration antisémite de moi avant la guerre !

Je n'ai pas voulu me mêler du statut des Juifs en juillet 1940. Alibert, le directeur de cabinet de Pétain nommé garde des Sceaux, était un antisémite forcené. Pétain voulait que toutes les carrières de l'État, l'armée, la magistrature, la fonction publique, et bien sûr tous les mandats électifs soient interdits aux Juifs. Je le revois encore au Conseil des ministres, durcissant le projet du statut des Juifs en septembre 1940.

Silence.

RENÉ BOUSQUET — Comme préfet, j'ai dû appliquer ce statut dans la Marne. Mais je pensais, comme beaucoup de Français, qu'il avait été imposé par les Allemands. Oberg et Knochen, les chefs de la Gestapo en France, m'ont toujours dit que pour Hitler la question juive était primordiale. Moi, à l'époque, je ne savais pas ce qui se passait en Pologne, dans les camps d'extermination des Juifs.

PIERRE LAVAL — Moi non plus ! J'avais demandé à Oberg de me fournir des éléments de réponse aux questions que me posaient la Croix-Rouge et les organisations humanitaires américaines. Oberg m'a dit que le Führer voulait créer une sorte de réserve en Pologne où tous les Juifs seraient parqués. C'est l'explication que je donnais en termes vagues aux ambassadeurs des pays neutres ou aux représentants des Églises en France. Ils ne paraissaient pas convaincus. Je ne l'étais pas moi-même. Mais que faire contre Hitler et les SS ?

RENÉ BOUSQUET — Moi aussi, Président, j'ai tenu ce discours aux délégués des organisations juives. J'ajoutais que si nous acceptions de livrer les Juifs étrangers aux Allemands, c'était pour sauver les Israélites français. Après tout, les autres Juifs étaient des étrangers, et on ne pouvait pas les refuser aux nazis quand leur État d'origine n'en voulait pas ou qu'ils venaient d'Allemagne ou d'Autriche.

À leur sujet, comme pour le reste, j'ai toujours suivi vos instructions.

PIERRE LAVAL *(ironique)* — Oui, vous preniez soin d'ouvrir le parapluie, Bousquet.

Bousquet proteste.

PIERRE LAVAL — Surtout en temps d'orage. Mais je ne vous en veux pas, sauf peut-être sur un point. Vous m'avez conseillé de livrer les enfants juifs arrêtés dont les parents étrangers avaient déjà été déportés. Je me doutais bien que ces enfants-là, ce n'était pas pour les mettre au travail dans des usines que les SS les voulaient.

Ça n'a jamais cessé de me peser. Peut-être parce que pendant les grandes rafles de Juifs de juillet 1942, j'étais à Paris. Le préfet de police m'avait mis au courant de l'opération que vous aviez organisée.

J'allais déjeuner ce jour-là au Ritz, avec l'ambassadeur d'Espagne. Sur la place de la Concorde, nous avons été arrêtés par un convoi militaire allemand qui roulait vers les Champs-Élysées. Deux autobus pleins de Juifs portant l'étoile jaune étaient arrêtés. De ma voiture, j'ai vu dans un bus une fillette brune qui me regardait intensément. Nous sommes restés ainsi quelques minutes, puis ma voiture est repartie. Mais j'ai conservé présent en moi le regard désespéré de cette petite Juive qui ressemblait à Josée...

RENÉ BOUSQUET *(impassible)* — Je comprends vos sentiments, Président. Mais le choix politique était clair : sauver les Israélites français en livrant aux nazis les Juifs étrangers. Nous avons fait ce que nous avons pu, Président, et je refuse toute culpabilité à ce sujet.

PIERRE LAVAL *(ironique)* — Vous êtes bien complaisant à notre égard, Bousquet. Mais à vous entendre, je suis sûr que vous saurez convaincre vos juges que vous avez agi pour le mieux, compte tenu des circonstances. C'est la formule en usage dans l'administration, n'est-ce pas ?

Un silence. Laval allume une cigarette.

PIERRE LAVAL — Pour en revenir à Mornet, il a rejoint la Résistance en avril 1944 et s'est fait nommer au « Comité national de la Résistance judiciaire ». C'est formidable ! Et comme on n'est jamais assez prudent, il a fait brûler les archives de la Commission de révision des naturalisations. C'est comme ça qu'il a réussi à se faire nommer à la Libération procureur général à la Haute Cour. Je l'ai revu au procès Pétain, où il a requis la peine de mort, sans sourciller.

À ce propos, je ne vous ai pas parlé de mon témoignage au procès Pétain ?

RENÉ BOUSQUET — Votre audition s'était plutôt bien passée, à en croire la presse.

PIERRE LAVAL *(faussement modeste)* — Mieux que je ne l'aurais cru. J'ai compris que c'était pour me faire déposer au procès Pétain qu'on avait précipité mon retour en France. Il fallait faire vite. Les avocats de Pétain avaient choisi de faire de moi son mauvais génie. Lui, c'était le Maréchal, le vainqueur de Verdun qui avait sacrifié son repos et sa gloire au service des Français écrasés par la défaite. Le Maréchal, c'était l'agneau du Seigneur. Moi, j'étais le politicien qui s'était mis au service des Allemands.

Alors quand on m'a fait savoir, dès mon arrivée au Bourget, à 5 heures du soir, que je serais entendu le lendemain comme témoin par la Haute Cour, j'ai compris le piège. Si Mornet voulait me faire entendre tout de suite, c'était parce qu'il pensait que je m'en prendrais à Pétain, que je l'accablerais à son profit à lui, l'accusateur public.

RENÉ BOUSQUET — À lire les comptes rendus, j'ai eu le sentiment que vous cherchiez à vous défendre plutôt qu'à accabler le maréchal.

PIERRE LAVAL *(un peu emphatique)* — Je voulais seulement rétablir la vérité, pour l'Histoire.

Laval s'interrompt un instant.

RENÉ BOUSQUET — Les journalistes ont rapporté votre entrée dans la salle d'audience. Ils n'étaient pas flatteurs dans votre description...

PIERRE LAVAL — C'est vrai que j'étais moche, le complet froissé, le cou maigre dans un col trop large, la moustache mal taillée. Il ne restait du Laval de jadis que la cravate blanche !

J'ai été comme précipité dans la salle d'audience. J'y avais plaidé jadis. Trop petite pour tant de monde. Quand je suis entré, j'ai été ébloui par les flashs des photographes. Ça crépitait de partout.

Les gardes m'ont ouvert le chemin vers la barre des témoins. Le maréchal était là, assis dans son fauteuil. J'ai surpris son regard. Il avait peur.

Le président ne m'a pas fait prêter serment. J'étais déjà l'accusé Laval. Il voulait que je raconte à la Cour le complot ourdi avec Pétain avant la guerre pour renverser la République. C'était absurde. Mais j'en ai profité pour parler de mon action au gouvernement, évoquer ma politique extérieure. Ma grande idée, c'était de détacher Mussolini de Hitler. J'aurais pu y arriver si j'étais resté au pouvoir. À mesure que je parlais, je redevenais moi-même. Je n'avais ni notes, ni documents. Juste une bonne mémoire et la volonté de rétablir les faits. Mais ces évocations de l'avant-guerre n'intéressaient plus personne.

Le lendemain, je suis revenu. J'ai répondu aux questions et je pense que j'ai été plutôt bon. Mais je sentais au fond de moi-même que tout ça n'avait plus d'importance, que mon sort était scellé.

RENÉ BOUSQUET — Vous avez dominé l'audience. La presse l'a reconnu, même vos adversaires.

PIERRE LAVAL — Je percevais surtout la haine qui m'entourait, et d'abord celle du maréchal dans son fauteuil, juste derrière moi, à la barre des témoins. Mais je n'avais pas prévu ce qui s'est passé lors de mon propre procès devant la Haute Cour. Je voulais faire de mon affaire un vrai procès politique. Je savais que je ne ferais qu'une bouchée de l'accusation, du vieux Mornet et de ce président aux ordres.

Mais quelle farce honteuse ! Le président m'a refusé la parole, le procureur m'a insulté, des jurés m'ont traité de « salaud », de « traître », hurlé : « On aura ta peau ! » L'un d'eux bavait de haine, littéralement. Alors, après avoir entendu ces invectives, vu ces gueules et devant la complaisance du président, j'ai décidé de refuser de participer à cette parodie de justice. Qu'ils me condamnent à mort et que mon sang retombe sur leurs têtes !

RENÉ BOUSQUET *(impassible)* — Comme dans les Évangiles, Monsieur le Président.

PIERRE LAVAL — Je voulais seulement que la presse témoigne que c'était un assassinat judiciaire.

Un silence, Laval se lève, fait quelques pas dans la cellule, se rassied et allume une cigarette.

PIERRE LAVAL — Et vous, Bousquet, comment vous voyez votre affaire ?

RENÉ BOUSQUET — Merci de vous en soucier, Président. Depuis mon retour en France, je n'ai cessé de dire à mes avocats : « Surtout, gagnez du temps. Faites traîner l'instruction. »

(Ironique.) Ce n'est pas difficile d'ailleurs. Mon affaire n'est pas prioritaire pour mon juge. Bien sûr, je veille à ce qu'il soit occupé. Je lui envoie des notes, mes avocats font des demandes d'enquête ou d'auditions sur des points mineurs. Sans jouer les devins, je suis convaincu que, bientôt, les communistes vont rompre l'union de la Résistance. Leurs prochains adversaires seront les socialistes et les partis modérés. À ce moment-là, la Haute Cour changera, pour le mieux.

Et puis, j'ai ma famille qui me soutient. Surtout mon frère cadet, qui est avocat et vient ici presque tous les jours. Il voit des amis, réunit des documents, stimule mes autres défenseurs. C'est un bon frère et ce sera un excellent avocat.

PIERRE LAVAL — Et votre femme ? Elle vient souvent vous voir ?

RENÉ BOUSQUET — Autant qu'elle le peut. Elle a pris un emploi chez un antiquaire. Mon fils va bien lui aussi. J'ai de la chance de les avoir.

PIERRE LAVAL — Je comprends. Moi, si je n'avais pas Josée, je me serais tué là-bas, en Espagne.

RENÉ BOUSQUET *(d'un ton vif)* — Permettez-moi d'en douter. Un grand politique ne renonce jamais.

PIERRE LAVAL — Je n'en suis pas si sûr.

(Un temps de silence.) Mais vous, Bousquet, je suis convaincu que vous vous en sortirez. Je vous connais depuis 1930 quand vous étiez attaché à la préfecture d'Albi. Lors d'une crue du Tarn, vous vous étiez jeté à l'eau et vous aviez sauvé je ne sais plus combien d'habitants emportés par les flots. Le président de la République vous avait décoré de la Légion d'honneur à 22 ans. Ça m'avait frappé votre histoire. Il n'y a pas tellement de fonctionnaires qui se jetteraient dans la rivière pour leurs administrés !

RENÉ BOUSQUET — Combien de fois avez-vous été ministre sous la Troisième ?

PIERRE LAVAL *(avec un brin de vanité)* — Quatorze fois. Et trois fois président du Conseil. Certes, je n'étais pas Jaurès. Mais à ma façon, je savais convaincre. Et en politique, c'est le talent le plus précieux. Le grand orateur Briand disait : « La politique, c'est dire des choses à des gens ! » C'est vrai au marché de Châteldon comme à la Chambre des députés. Mais c'est plus difficile au marché. Mes compatriotes auvergnats sont plus méfiants.

RENÉ BOUSQUET *(flatteur)* — Quel dommage qu'on n'ait pas enregistré vos propos sur les marchés.

PIERRE LAVAL — Bah, quelle importance ? Ils ne valaient que pour ceux qui les écoutaient ! Mais il y a aussi des mots qui tuent. Le pire, c'est vos propos sortis du contexte.

RENÉ BOUSQUET — C'est exact. Quand, en octobre 1940, à Montoire, le maréchal a parlé de collaboration franco-allemande, c'est à vous que les Français l'ont reproché.

PIERRE LAVAL — Mais j'y croyais, moi, à la collaboration ! La défaite de 1940 ne m'avait pas surpris. Je connaissais le rapport de forces. Je savais que les Allemands rêvaient de revanche, que Hitler préparait la guerre, alors que nous ne voulions que la paix.

En juin 1940, la France était en morceaux, son armée détruite, 1 800 000 prisonniers en otage. Je pensais que plus tôt on se rangerait aux côtés de l'Allemagne, meilleure serait notre situation dans l'Europe nouvelle. C'est pour ça que j'ai voulu la collaboration dès l'automne 1940. Je souhaitais que la France, au moment où la guerre serait finie, ne soit pas traitée en ennemi, mais en partenaire par les Allemands. Je voulais qu'après la victoire de l'Allemagne la France apparaisse comme la deuxième puissance européenne. La collaboration, c'était sauver l'avenir en acceptant le présent. Mais pour la faire accepter aux Français, il fallait désigner les responsables de leurs malheurs. C'était facile : la République, et surtout le Front populaire.

RENÉ BOUSQUET — C'est pour cette raison que vous avez renversé le régime à Vichy en juillet 1940 ?

PIERRE LAVAL — Ça n'a pas été difficile. La plupart des parlementaires étaient morts de trouille. Ils ont voté les actes constitutionnels que j'avais préparés et qui remettaient tous les pouvoirs à Pétain et à moi. Puis ils ont détalé.

(Goguenard.) C'était mieux que le coup d'État du 18 Brumaire, je n'ai même pas eu besoin de faire donner la troupe.

(Songeur.) Je me demande d'ailleurs si Pétain en aurait eu le courage. Il était légaliste à sa façon. S'insurger contre la République, comme Franco, ce n'était pas sa manière. Il voulait le pouvoir, mais sur un plateau d'argent. Pétain avait besoin de moi, comme moi de lui. Sans moi, il ne pouvait pas renverser le régime. Sans lui, je ne pouvais pas revenir au pouvoir.

(Un instant de silence.) Vous Bousquet, c'était différent. Je vous ai observé à Vichy, dans la salle du Conseil des ministres. Vous siégiez à un petit bureau. Vous étiez si fier d'être là, même après l'invasion de la zone libre par les Allemands, en novembre 1942.

RENÉ BOUSQUET *(solennel)* — C'était la France que je servais, Monsieur le Président. Et le gouvernement légitime de la France, à cette époque difficile, c'était le maréchal et vous.

PIERRE LAVAL — Pétain aussi parlait toujours de la France. Mais il ne pensait qu'à lui. Quant à mettre les mains dans le cambouis, pas question. Quand arrivait une nouvelle exigence des Allemands, il protestait au Conseil des ministres. Mais il finissait toujours par céder. Pétain n'avait pas de caractère, seulement de la vanité. Et une belle tête.

Moi qui n'avais pas cet avantage, je me suis parfois dit : « Quelle carrière j'aurais pu faire si j'avais eu cette gueule-là ! »

(Ironique.) Je vous choque, Bousquet ?

RENÉ BOUSQUET — C'est vrai qu'il portait beau le maréchal. À 83 ans, droit comme un I, et encore alerte. Je me souviens d'un voyage en 1942, en zone libre, c'était du délire dans le public.

PIERRE LAVAL — Ah, on ne peut pas dire que les Français ne l'ont pas aimé leur vieux maréchal ! Et jusqu'au bout. Dans Paris occupé, au printemps 1944, ils étaient encore des milliers devant l'Hôtel de Ville, à l'acclamer. À lui, les applaudissements. À moi, les insultes. *(Ricanant.)* Le partage des rôles, à défaut de la séparation des pouvoirs.

Mais maintenant, Bousquet, je peux le dire : je haïssais Pétain. De tous les faux-culs que j'ai connus, Pétain était le pire. Même moi, il m'a roulé. On disait : Pétain, c'est un militaire républicain. En vérité, il ne croyait qu'à un régime autoritaire, modèle Mussolini ou Franco. Le peuple, les Français, qu'il disait tant aimer, il ne les connaissait pas. Il n'avait pas usé ses culottes sur les bancs de l'école républicaine. Lui, c'était chez les bons pères qu'il avait fait ses classes. En 1917, on disait qu'il était humain parce qu'il goûtait la soupe des soldats devant le photographe. Tu parles ! Général d'armée, il détenait le pouvoir de gracier les soldats condamnés à mort. Eh bien, il a envoyé les cinquante premiers de la liste au poteau d'exécution. Pour Pétain, Verdun, c'était la gloire. Pour les poilus, l'horreur.

RENÉ BOUSQUET *(très calme)* — Mais c'était vous, Président, qui décidiez de tout ou presque. Je le voyais bien au Conseil des ministres ou dans les conseils de cabinet. Et tous les préfets recevaient leurs consignes de vous.

PIERRE LAVAL *(ironique)* — Ou de vous, Bousquet ! Je vous avais donné entière délégation de pouvoirs. Grâce à moi, vous régniez sur l'administration de l'Intérieur et sur toutes les forces de sécurité. La police, la gendarmerie, c'était vous, les Renseignements généraux et la police économique, c'était vous aussi.

RENÉ BOUSQUET *(piqué)* — Je vous informais scrupuleusement, Monsieur le Président, par télégrammes, notes ou de vive voix, selon les cas.

PIERRE LAVAL *(ironique)* — Je connais le jeu, Bousquet. Plus vous envoyez de courrier à l'autorité supérieure, moins vous êtes responsable. Pas de meilleur bouclier que les notes administratives, surtout rédigées en langue de bois. À cet égard, vous auriez eu le premier prix au Concours général.

RENÉ BOUSQUET *(piqué)* — Je ne voulais qu'être clair, Monsieur le Président.

PIERRE LAVAL — Oui, le clair-obscur ! C'est le grand art, en politique. Et je dois dire que le maréchal y excellait. On croyait parfois qu'il était gâteux tant ses propos étaient confus. Pas du tout. Je l'ai bien vu quand il m'a congédié en décembre 1940, après Montoire. Toute la clique autour de lui voulait ma peau. Je le savais, je sens la haine, même dissimulée sous la flatterie. Mais me jeter dehors, après que Pétain eut fait demander une lettre de démission à chaque ministre et annoncé ensuite qu'il acceptait la mienne, quelle lâcheté ! Même pas capable de me dire en face « au revoir » et « merci », en y mettant les formes comme ses prédécesseurs républicains. Ah, le méchant vieillard ! Je ne lui ai jamais pardonné. Lui non plus d'ailleurs… C'est normal, on en veut toujours à ceux qu'on trahit.

RENÉ BOUSQUET — Je vous entends, Président. Mais moi, je ne vous en ai pas voulu quand vous m'avez remplacé par Darnand, ce soudard, en janvier 1944. Pour moi, c'était le signe qu'on avait perdu la partie.

Ce qui m'a surpris en revanche, c'est que les miliciens ne m'aient pas exécuté. Je n'ai jamais oublié leurs gueules quand je suis allé en grande tenue déposer une couronne sur le cercueil de Maurice Sarraut, le patron de *La Dépêche*, après son assassinat en décembre 1943 par la Milice. De vraies têtes d'assassins. Qu'ils aient exécuté ensuite Mandel ne m'a pas surpris quand je l'ai appris en Allemagne où la Gestapo m'avait déporté.

PIERRE LAVAL *(ironique)* — Dans une villa au bord d'un lac de Bavière ! C'était plus une résidence confortable qu'une baraque dans un camp. Et vous aviez votre femme et votre fils avec vous. Vos amis de la Gestapo avaient pris soin de vous…

RENÉ BOUSQUET *(impassible)* — Ce n'était pas à ma demande, Président. J'ai toujours voulu rester en France.

PIERRE LAVAL — Moi aussi, je souhaitais demeurer à Paris en août 1944. C'est Abetz et les SS qui m'ont forcé à partir en Allemagne. Je voulais réunir la Chambre et le Sénat en Congrès, rétablir la République et accueillir les Américains. C'est Herriot, que j'avais fait revenir de la clinique psychiatrique où il se terrait, qui a tout fait échouer. Moi, une fois le Parlement réuni, je serais retourné en Auvergne. Ils m'auraient peut-être envoyé en Haute Cour, comme Caillaux, mais là, j'aurais pu me défendre, ç'aurait été un vrai procès politique.

(Pensif.) Au fond, je n'ai jamais cessé d'aimer la République depuis ma première élection à la Chambre, en avril 1914.

RENÉ BOUSQUET *(impassible)* — Comme socialiste, n'est-ce pas ?

PIERRE LAVAL — Parfaitement. J'étais un fils du peuple, moi. Surtout, j'étais profondément pacifiste. Mon maître, c'était Briand. Pas seulement pour son talent d'orateur, ni pour son habileté politique, mais parce qu'il détestait la guerre. Ce dont il rêvait, c'était la réconciliation entre la France et l'Allemagne, et même l'amitié. Moi aussi.

Briand avait été socialiste dans sa jeunesse, personne ne le lui a reproché. Alors qu'on a fait de moi un traître, un renégat devenu l'avocat des grandes entreprises. Au palais Bourbon, les collègues me détestaient. Au Palais de Justice, les confrères me jalousaient. En vérité, je n'aimais que la politique. Et le pouvoir, bien sûr.

RENÉ BOUSQUET — Je n'en doute pas. Mais il y avait aussi des Français qui soutenaient vos efforts.

PIERRE LAVAL *(agacé)* — Lesquels ? De toutes parts, je sentais la haine. J'aurais pu faire comme bien d'autres. Attendre pour voir de quel côté pencherait la balance. J'avais conservé de bonnes relations avec des amis américains. Et après le Débarquement des Alliés en Afrique du Nord, j'aurais gagné l'Espagne ou le Portugal.

Mais c'est vrai que je pensais que je pourrais rouler Hitler et les nazis. Mon grand tort est de m'être trompé sur eux. Mes rencontres avec Hitler, vous n'imaginez pas ce que c'était : un dément qui hurlait tout le temps et menaçait de réduire la France à rien.

RENÉ BOUSQUET — Je l'imagine aisément, Président. Quand Oberg, le chef de la Gestapo, me disait : « C'est la décision du Führer », il se mettait quasiment au garde-à-vous. Et ce n'était plus la peine de discuter. Sauf pour Marseille, que Hitler voulait raser complètement après les attentats de janvier 1943, et dont nous avons obtenu des nazis qu'ils se limitent au Vieux-Port.

PIERRE LAVAL — À ce propos, pour Marseille, vous êtes poursuivi ?

RENÉ BOUSQUET — Mes avocats pensent obtenir un non-lieu dans ce dossier-là.

PIERRE LAVAL *(avec un demi-sourire)* — Vous êtes un homme habile, Bousquet. Et vous avez pris vos précautions. Je savais par les Renseignements généraux que vous aviez des contacts avec les rad-socs, avec Queuille, que vous rendiez visite à Daladier dans sa prison. Et vos relations avec les francs-mac, je les connaissais aussi. Je ne vous en tenais pas rigueur. Rendre des services discrets à ses adversaires, ça ménage l'avenir…

RENÉ BOUSQUET *(ironique)* — J'ai été à bonne école, Monsieur le Président.

PIERRE LAVAL — Vous, Bousquet, c'est différent. Vous aimez le pouvoir, mais celui que l'État vous délègue. La nomination, pas l'élection. C'est plus sûr, mais moins grisant.

RENÉ BOUSQUET — Vous croyez, Président, qu'administrer l'État soit un long fleuve tranquille ? Entre les citoyens mécontents, les ministres exigeants, les collègues malveillants, l'administration est une jungle, surtout à mesure que l'on s'élève dans la hiérarchie.

PIERRE LAVAL — Dans l'administration, les carrières sont garanties par le statut. Pas pour l'homme politique. Aujourd'hui, président du Conseil. Renversé, il n'est plus qu'un député ou un sénateur parmi tant d'autres.

RENÉ BOUSQUET — Mais chacun voit en lui le maître d'hier ! Et peut-être de demain. Un homme politique n'est jamais mort tant qu'il n'est pas dans la tombe, vous me l'avez souvent dit.

PIERRE LAVAL *(ironique)* — Je me trompais. Regardez-moi. Je suis encore vivant, mais déjà mort.

RENÉ BOUSQUET *(avec énergie)* — Je refuse ce propos, Président. Demain matin, c'est peut-être la grâce que vos avocats viendront vous annoncer.

PIERRE LAVAL *(en souriant)* — C'est gentil de le dire, Bousquet. Mais vous croyez à ma grâce après que Pétain a reçu la sienne ? Je serai fusillé et, à voir les visages décomposés de mes jeunes avocats, sans doute demain, à l'aube.

Bousquet fait un geste de dénégation.

PIERRE LAVAL — Inutile, Bousquet, j'ai tout prévu. J'ai là une petite ampoule qui fait passer de vie à trépas en quelques minutes. Elle m'accompagne toujours dans la doublure de ma pelisse. Je l'avais avec moi quand j'allais voir Hitler. Je redoutais toujours qu'il me fasse arrêter. Et je préférais le poison à la Gestapo.

Un silence. Laval change de ton.

PIERRE LAVAL — Je voudrais vous poser une question. Pourquoi aimiez-vous tant Pétain ?

RENÉ BOUSQUET — J'étais comme la majorité des Français en 1940. Le maréchal incarnait les temps glorieux de jadis, Verdun et la victoire ! C'était un don du ciel dans le désastre de 1940. Rappelez-vous les paroles de monseigneur Gerlier, primat des Gaules, accueillant le maréchal à Lyon, en novembre 1940 : « Pétain, c'est la France, et la France aujourd'hui, c'est Pétain. »

PIERRE LAVAL *(ricanant)* — Je reconnais là le sens politique de l'Église. Avec le cardinal Baudrillart à Paris, qui était collabo, le cardinal Gerlier à Lyon, qui était pétainiste, monseigneur Saliège à Toulouse, qui était républicain, elle avait prévu toutes les hypothèses. Croyez-moi, en politique, un rad-soc franc-maçon ne vaudra jamais un bon évêque ! L'histoire de France est d'ailleurs remplie de cardinaux.

RENÉ BOUSQUET — Mais vous, Président, êtes-vous croyant ?

PIERRE LAVAL — Merci de vous préoccuper du salut de mon âme ! À dire vrai, je n'en sais rien. J'ai été élevé dans la religion catholique, comme le voulait ma mère. Mais j'ai fait mes études dans des lycées républicains, comme le voulait mon père. Quant à l'existence d'un Dieu de bonté et d'amour, ce que j'ai vu au long de ma vie me laisse sceptique. Mais je serai bientôt fixé, Bousquet.

Pour rester sur cette terre, j'aurais dû me méfier de Pétain. Je l'ai compris trop tard. Pourtant, il me devait beaucoup. Sans moi, jamais il n'aurait pu se débarrasser de la République en juillet 1940 à Vichy.

RENÉ BOUSQUET — C'est vrai qu'en lisant le Journal officiel j'ai admiré comment le maréchal et vous...

PIERRE LAVAL — Non ! Moi seul, j'ai fait se suicider cette République.

Laval se lève et marche dans la cellule.

PIERRE LAVAL — Arrivé à Vichy, j'ai fait les couloirs, comme on disait. Ah, c'est moche, Bousquet, la lâcheté humaine ! Bien sûr, il y avait quelques irréductibles. Des vieux Républicains. Mais je pouvais naviguer à mon aise, promettant à chacun ce qu'il désirait, et décidé à n'en satisfaire aucun.

RENÉ BOUSQUET — Les actes constitutionnels, c'est vous qui les aviez rédigés ?

PIERRE LAVAL — Je savais ce que je voulais : tout le pouvoir en apparence à Pétain comme chef de l'État et en réalité à moi, comme vice-président du Conseil. Je n'avais qu'une préoccupation : compte tenu de son âge, m'assurer que je lui succéderais et que ce soit inscrit noir sur blanc dans les actes constitutionnels. Quand j'ai obtenu cette garantie, je suis parti à l'assaut. J'avais reçu de Pétain une lettre où il me constituait son mandataire dans les débats de l'Assemblée nationale. Avec ce viatique, les jeux étaient faits d'avance. En quatre jours, en juillet 1940, au petit casino de Vichy, la IIIe République était poignardée par les parlementaires qui lui devaient tant.

Mais je l'avoue, Bousquet, quand le vote fut acquis, j'ai eu un instant de mélancolie. Moi aussi, je l'avais aimée, la République... C'est pourquoi, au dernier moment, j'ai ouvert la voie à sa restauration. Avec un peu de bonne volonté de Herriot, le président de la Chambre, on aurait rétabli la République en France avant de Gaulle !

RENÉ BOUSQUET *(sceptique)* — Permettez-moi d'être en désaccord. La IIIe République était bien morte à Vichy le 10 juillet 1940. Et on ne pouvait la ressusciter en 1944 après l'Occupation et la Libération.

PIERRE LAVAL *(agacé)* — En politique, Bousquet, on fait des miracles. Tout est toujours possible. Sauf quand on est mort.

(Un moment de silence.) Mais vous, Bousquet, vous étiez resté à votre poste dans votre département de la Marne pendant ces journées-là ?

RENÉ BOUSQUET — Je n'étais pas encore préfet, seulement secrétaire général. Quand les Allemands ont percé le front, je suis resté sur place, avec tous les pouvoirs que le préfet m'avait délégués.

J'ai tout fait pour assurer un abri et des vivres aux réfugiés. J'ai veillé à ce que les hôpitaux accueillent les blessés. Je suis parti le dernier de la préfecture.

J'ai d'ailleurs reçu la croix de guerre pour mon action.

PIERRE LAVAL *(ironique)* — Tiens, ça ne figurait pas à votre dossier en 1942…

RENÉ BOUSQUET — J'avais été élevé par mon père dans l'amour de la France. Et je la voyais à terre. Ceux qui n'ont pas connu la débâcle en juin 1940 ne peuvent pas comprendre l'amour des Français pour le maréchal parce qu'il incarnait le passé et qu'ils ne voulaient pas voir le présent.

PIERRE LAVAL — Moi aussi, j'avais vu sur la route de Bordeaux des réfugiés qui fuyaient les Allemands. Ceux qui me reconnaissaient me saluaient avec sympathie. On savait que j'étais contre cette guerre et, maintenant qu'on l'avait perdue, on trouvait que j'avais eu raison.

À entendre ces braves gens, j'ai compris que la voie était ouverte. Il fallait conserver Pétain, c'était une idole pour les Français vaincus de 1940, et liquider la République pour lui substituer un nouveau régime sur le modèle autoritaire. Et vous, Bousquet, vous avez regagné la Marne occupée ?

RENÉ BOUSQUET — Oui. Sitôt que j'ai pu, dès le 1er juillet. Le préfet, lui, était resté en zone libre. J'ai retrouvé mon département ravagé par les combats, privé d'eau, d'électricité, de ravitaillement. Il fallait pourvoir au retour des habitants, au fonctionnement de l'administration. Et faire face aux Allemands.

J'ai vite compris qu'ils voulaient l'ordre par-dessus tout. Alors, j'ai appris par cœur la Convention d'armistice, et je la citais à tout propos pour appuyer mes démarches. « Tout l'armistice, rien que l'armistice », c'était mon fil conducteur.

PIERRE LAVAL — Moi, je pensais qu'il fallait dépasser l'armistice et préparer l'avenir. Mais c'est vrai que je ne négociais pas le quotidien avec la *Kommandantur* de la Marne ! J'ai lu une note du ministre de l'Intérieur proposant de vous nommer préfet, en septembre 1940. J'ai signé votre nomination, en notant que vous deveniez le plus jeune préfet de France, à 31 ans. J'ai toujours aimé les jeunes ambitieux. Pourvu qu'ils aient les moyens de leurs ambitions, ils font les meilleurs collaborateurs. Jusqu'au moment où ils vous trahissent, carrière oblige…

RENÉ BOUSQUET — Ça n'a pas été mon cas, Président.

PIERRE LAVAL — Je le reconnais volontiers. Même si je savais à Vichy, quand vous dirigiez toute la police française, que vous en preniez parfois à votre aise au profit des hommes politiques de la IIIe République.

Geste de dénégation de Bousquet.

PIERRE LAVAL — Ça n'avait pas d'importance à mes yeux. Je n'étais pas comme ces voyous de la presse collaborationniste de Paris, qui disaient que vous étiez vendu à la Résistance et aux Juifs.

(Ironique.) Je suis sûr que ces injures seront très utiles à votre défense quand vous serez jugé.

RENÉ BOUSQUET — Je ne suis pas pressé de comparaître. L'alliance entre gaullistes et communistes ne peut pas durer. Pas plus que celle entre les États-Unis et Staline.

PIERRE LAVAL — Cette rupture-là, j'en suis sûr. Quant à de Gaulle, je ne sais pas ce qu'il en adviendra. Aujourd'hui, tous les Français sont gaullistes. Ils croient même l'avoir été pendant l'Occupation ! Je ricane quand je me souviens de leurs transports d'amour pour le maréchal. Moi, je l'ai vu à l'œuvre. Plus dissimulé que lui, j'en ai peu connu dans le monde politique.

RENÉ BOUSQUET — En décembre 1940, quand il vous a démis de vos fonctions ?

PIERRE LAVAL — Non, tout de suite. Quand Alibert a apporté l'acte qui faisait de moi son héritier constitutionnel, Pétain l'a signé et m'a dit avec un sourire singulier : « Maintenant, il faudra apprendre à obéir, monsieur Laval. » J'ai compris que la partie avec lui serait moins facile que je ne le pensais. Je ne me trompais pas. Cinq mois après, il me jetait à la porte du Conseil des ministres et me faisait arrêter.

C'est à Abetz, que j'avais fait prévenir et qui est accouru avec des SS, que je dois ma libération et peut-être ma vie…

Geste dubitatif de Bousquet.

PIERRE LAVAL — Je savais que l'amiral Darlan rêvait de me remplacer. Weygand aussi. Mais Pétain n'aimait pas Weygand, qui avait été le chef d'état-major de Foch en 1918. Résultat : un amiral de bureau, aux côtés d'un maréchal sénile. Ah, elle était bien gouvernée la France de 1941 face à Hitler !

(Tourné vers Bousquet.) Mais vous, Bousquet, vous étiez bien vu de Darlan ?

RENÉ BOUSQUET *(solennel)* — Servir l'État, quel que soit celui qui gouverne, c'est notre devoir à nous, préfets, depuis Napoléon. Ce n'est pas toujours facile.

PIERRE LAVAL. « Servitude et grandeur de la préfectorale », vous devriez écrire ce livre, Bousquet ! Pour en revenir à Darlan, je crois me souvenir qu'il vous avait nommé préfet de région dès août 1941. Quelle promotion rapide ! On m'a dit qu'en janvier 1942 Darlan vous avait même proposé de devenir ministre du Ravitaillement. Vous avez décliné l'offre pour rester dans la Marne.

(Ironique.) Vous aviez raison d'ailleurs. Comme de me rendre visite à Paris. J'étais en pleine disgrâce. C'est à ce moment-là que les hommes politiques sont le plus sensibles aux marques d'attention. Aussi je n'ai pas hésité à vous faire venir à Vichy quand j'ai été rappelé au gouvernement en avril 1942.

RENÉ BOUSQUET — J'étais un peu surpris et, à Châlons, je me sentais utile face aux Allemands.

PIERRE LAVAL *(ironique)* — En face ou à leur côté, selon les circonstances...

Je voulais des hommes nouveaux et qui me soient fidèles. Maurice Sarraut m'a téléphoné. « Vous ne serez pas déçu par Bousquet » disait-il. Le vieux franc-mac avait raison. Vous ne m'avez pas déçu, ni trahi. C'est rare.

RENÉ BOUSQUET *(solennel)* — Je vous remercie, Président. J'ai toujours choisi la fidélité.

PIERRE LAVAL — Allons Bousquet, vous parlez déjà comme Léon Blum ! Il a toujours eu de la chance. Mandel a été assassiné, Jean Zay sans doute aussi. Lui est revenu d'Allemagne avec sa femme. Peut-être qu'un jour prochain il redeviendra président du Conseil, le rabbin Léon ! En tout cas, j'ai demandé à mes avocats d'aller le voir pour qu'il intervienne auprès de De Gaulle. C'était surtout pour apaiser Josée. Parce que je ne crois pas que Blum puisse influencer de Gaulle.

RENÉ BOUSQUET — Peut-être pourriez-vous obtenir du président Truman qu'il intervienne en votre faveur...

PIERRE LAVAL *(le coupant)* — Les Américains ne feront rien pour moi. Nous ne sommes plus en 1931, quand le magazine américain *Time* mettait ma photo en couverture : « Pierre Laval, l'homme de l'année », et que j'étais acclamé à New York. Pour les Américains, je suis déjà mort.

RENÉ BOUSQUET — Vous avez fait contacter Mauriac ?

PIERRE LAVAL — Ma fille l'a vu. Il a beaucoup gémi sur la cruauté de l'époque. Mais il ne fera que pleurer dans les colonnes du *Figaro*. Non, je n'espère plus rien. Comme me l'a dit ma femme, quand elle m'a embrassé en quittant le parloir : « C'est fini, Pierrot. Il ne reste plus qu'à mourir beau. » Un vrai mot de paysan !

Un instant de silence. Rentrent les gardiens dans la cellule.

LE SURVEILLANT-CHEF — Vous devez partir monsieur Bousquet. Le temps de la visite est achevé.

PIERRE LAVAL — Je ne veux surtout pas vous causer d'ennuis, messieurs.
(À Bousquet.) Merci pour tout, Bousquet. Vous êtes un véritable ami. Venez que je vous embrasse.

Bousquet et Laval s'étreignent. Bousquet repart avec les surveillants. Laval reste seul, debout, le visage tourné vers la porte. Puis il retourne s'asseoir sur le tabouret, devant le pupitre. Et là, reprenant des feuilles blanches, il se met à écrire en murmurant.

PIERRE LAVAL — Ma Josée, ma fille chérie…

Scène 4

Tandis que Laval écrit, la lumière dans la cellule baisse. Un personnage apparaît, vêtu d'une salopette de travail. Il s'avance dans la pénombre jusqu'à Laval qui lève la tête et le découvre.

L'OUVRIER — Tu ne me reconnais pas, Pierrot ? Tu préfères que je dise « Monsieur le Maire », comme jadis à Aubervilliers ?

PIERRE LAVAL — Excusez-moi. À mon âge, le temps a emporté les noms.

L'OUVRIER — Rappelle-toi 1924, la campagne pour les élections municipales. J'étais un militant socialiste, mais après la scission du Parti j'hésitais : la discipline, la langue de bois, la soumission à Moscou, ce n'était pas pour moi. Alors, quand tu es venu à Aubervilliers et que tu nous as parlé simplement de ce qu'on pouvait faire pour améliorer la vie des petites gens, je me suis dit : voilà mon homme !

Le lendemain, je me suis présenté à ta permanence. J'ai collé les affiches, distribué les tracts, fait le coup de poing dans les réunions publiques. La politique, comme je l'aimais quand j'étais jeune ! Tu savais parler aux gens du peuple. Parfois, tu en faisais trop, toujours à rappeler que tu étais fils de bougnat, pion au lycée pour payer tes études, avocat des syndicats ouvriers, bref, un enfant du peuple.

Mais ça prenait toujours sur le marché, comme dans les bistrots.

Je t'ai soutenu jusqu'à la guerre. J'ai fait toutes tes campagnes électorales avec quelques copains. Et quand tu venais à Aubervilliers pour présider le conseil municipal, après la réunion, c'était toujours l'occasion de faire la tournée des commerçants. Tu n'étais pas fier, même habillé en notaire avec ta cravate blanche. Toujours un mot aimable pour chacun. Ah, tu savais y faire, Pierrot !

C'est vrai aussi qu'avec toi Aubervilliers a changé. Tu as refait la grande avenue, ouvert des rues nouvelles, construit des HLM à la place des taudis. Pour les jeunes, tu as fait ouvrir une piscine et un terrain de foot. Et pour les bourgeois, dont tu voulais aussi les voix, un club de tennis ! Les habitants étaient satisfaits. Même si à gauche on critiquait tes changements de pied en politique, on était fier d'avoir un maire qui était si souvent ministre et même président du Conseil ! Et à ton cabinet, il y avait toujours quelqu'un de disponible pour nous rendre un petit service côté administration.

Et puis la guerre est venue, les boches sont arrivés. Moi, j'avais fait l'autre, celle de 1914-1918. Les boches, je les voulais chez eux, pas chez nous. Mais quand j'ai vu la débâcle, j'étais heureux que Pétain prenne le gouvernement. J'avais confiance en lui parce que, dans les tranchées, on disait qu'il était un chef humain, soucieux de la vie des poilus. J'étais content de te savoir à ses côtés, convaincu que, malin comme tu es, tu saurais aussi rouler les boches.

Quand j'ai vu que Pétain t'avait renvoyé en décembre 1940, j'ai commencé à douter. Le pire, c'est quand tu as dit à ton retour au pouvoir que tu souhaitais la victoire de l'Allemagne. Mais j'ai pensé que c'était pour enfumer Hitler, et j'ai continué à te faire confiance.

Alors quand tu as annoncé à la radio la « Relève » et que tu as dit que les jeunes qui partiraient travailler en Allemagne permettraient en échange de libérer nos prisonniers, j'ai dit à mon fils André, qui avait 21 ans et travaillait comme monteur chez Renault, que ce serait bien qu'il parte en Allemagne, qu'il pourrait rentrer la tête haute en France. Je dois dire qu'il hésitait. Beaucoup de ses copains chez Renault disaient que c'était un piège, qu'une fois en Allemagne, il ne pourrait plus revenir. Certains parlaient même déjà de gagner les maquis. Mais moi, l'imbécile de service, j'avais toujours confiance en toi.

Alors André s'est inscrit pour partir travailler en Allemagne. Je l'ai accompagné gare de l'Est. J'avais le cœur lourd et je voyais qu'il retenait ses larmes. Le train est parti dans les flonflons d'un orchestre militaire. Je suis resté là, seul, sur le quai de la gare, à regarder les wagons glisser, pleins d'ouvriers qui agitaient leur mouchoir. Et puis, j'ai repris le métro pour rentrer chez moi, à Aubervilliers, retrouver ma femme et ma fille.

PIERRE LAVAL — J'espère que votre fils est bien rentré en France.

L'OUVRIER *(sobrement)* — Non. Les boches l'ont expédié dans la Ruhr. Six mois plus tard, il a été tué dans un bombardement.

J'ai reçu une lettre en allemand du service des travailleurs étrangers dans le Reich. Et un chèque en deutschemarks. J'ai gardé la lettre et déchiré le chèque. C'était le prix de sa mort en Allemagne. Et ce jour-là, je t'ai haï, toi, Pierrot, et tes beaux discours, comme je n'ai jamais haï personne dans ma vie.

Laval soulève sa main droite comme s'il allait parler. Mais l'ouvrier s'est effacé dans la pénombre de la cellule. La main de Laval se pose à nouveau sur ses papiers.

*
* *

Un deuxième personnage apparaît, un homme jeune, vêtu d'un pull à col roulé et d'un pantalon de velours à côtes, comme les artisans de jadis. Il s'approche de Laval.

LE JEUNE HOMME — Tu ne me connais pas, Laval, tu ne m'as jamais vu. Mais tu m'as fait décapiter comme un criminel, sur la guillotine.

PIERRE LAVAL *(sursautant)* — Qu'est-ce que vous racontez ? Je n'ai jamais jugé personne. Et quand j'étais jeune, j'ai soutenu Jaurès dans son combat contre la peine de mort.

LE JEUNE HOMME — Eh bien là aussi, tu as changé de camp. La collaboration avait son prix de sang et tu l'as payé de ma vie, avec bien d'autres.

PIERRE LAVAL — Mais les Sections spéciales, c'est du temps de Darlan qu'elles ont été créées. Je n'y suis pour rien.

LE JEUNE HOMME — Oui, mais toi, tu as décidé de les conserver. Et tu en as durci les règles pour que les accusés, les résistants, puissent être condamnés plus vite par les juges que ton ministre Gabolde choisissait pour la besogne. Je n'avais aucune chance devant la Section spéciale de Lyon quand j'ai comparu en octobre 1943.

PIERRE LAVAL — Pour quels faits ?

LE JEUNE HOMME — J'étais membre des FTP. Avec mon unité, nous avons été désignés, en octobre 1943, pour prendre tous les tickets de ravitaillement dans une mairie pour nos camarades. Les gendarmes ont été prévenus. Ils sont arrivés. Échanges de coups de feu. J'ai blessé un brigadier au ventre. Il est mort à l'hôpital. Moi, j'ai été arrêté après avoir vidé mon chargeur.

J'ai reconnu les faits devant le juge d'instruction. À l'audience de la Section spéciale, j'ai dit que je regrettais que le gendarme soit mort, mais qu'il avait tiré le premier.

L'avocat général a répliqué : « Vous êtes un terroriste et un communiste, deux raisons pour vous refuser toute circonstance atténuante. » Je me suis contenté de répondre : « J'en suis fier, Monsieur. »

Et vite fait, après une demi-heure de délibération, le temps pour les juges de fumer une cigarette, ils sont revenus avec une sentence de mort.

Deux jours plus tard, les gardiens m'ont mené, entravé comme une bête, à la guillotine dans la cour de la prison. Tous les détenus dans les cellules chantaient l'*Internationale*. J'ai marché à la mort, la tête levée. Et j'ai crié : « Vive la France. Vive la Révolution ! »

Les aides du bourreau m'ont jeté sur la planche, et puis…

Il s'arrête. Laval se dresse sur son tabouret, le jeune homme le regarde droit dans les yeux.

LE JEUNE HOMME — C'est à ton tour, Laval, d'y aller. Mais toi, au moins, tu seras fusillé debout, comme un homme.

Il retourne vers la porte de la cellule, s'adosse et s'efface.

PIERRE LAVAL *(à mi-voix)* — Je deviens fou.

Il se rassied, passe la main sur le visage et recommence à écrire.

*
* *

Apparaît la silhouette d'une fillette à la chevelure noire abondante et bouclée. Elle regarde Laval assis, penché sur sa feuille, puis s'approche de lui en silence. Il sursaute en découvrant la fillette.

PIERRE LAVAL — Qui es-tu ? Qu'est-ce que tu fais là ?

LA PETITE FILLE — Tu ne me reconnais pas ? Moi, je ne t'ai pas oublié. Rappelle-toi, place de la Concorde, en juillet 1942, le jour de la grande rafle du Vel' d'Hiv'. Il faisait chaud. Tu étais assis à l'arrière d'une grosse voiture noire. Moi, j'étais dans le bus plein de Juifs. Les policiers avaient sonné chez nous très tôt, ce matin-là. Ils étaient trois : un civil et deux en uniforme. Le civil avait un papier à la main. Il a dit à mon père : « Poznansky, c'est vous ? Vos papiers et ceux de votre femme, vite. » Il m'a regardé et a ajouté :

– C'est ta fille ?

– Oui.

– Quel âge ?

– Onze ans.

Mon père a ajouté : « Je l'ai déclarée française à sa naissance. J'ai tous les papiers dans le tiroir. » Le policier a répondu : « Prends-les, tu les montreras au commissariat. » Il s'est tourné vers maman qui sanglotait : « Ne pleurez pas, ça ne sert à rien. On a reçu l'ordre de vous emmener. Alors on exécute. » Il a regardé son papier : « Vous pouvez prendre chacun une valise avec une couverture, du linge, un vêtement chaud et puis une paire de chaussures, des grosses. Faites vite, on a d'autres clients à visiter. » Il a dit à mon père : « Toi, tu viens avec nous. Ta femme et ta fille, elles suivront avec les collègues quand le bus sera de retour. » Mon père a protesté, il a dit : « Mais vous ne pouvez pas prendre la petite, elle est française ! » L'inspecteur lui a dit de se taire et a demandé à un agent de police de l'emmener. Ils sont partis et je n'ai jamais revu papa.

Je suis restée seule avec maman. Elle tournait sur elle-même comme folle. Elle répétait en yiddish : « La valise, oui, la valise. » Elle l'a trouvée sous le lit. Elle l'a ouverte, tout était prêt déjà pour mon père. Elle répétait : « Tu vois, pour ton père, j'avais tout préparé. »

J'ai tiré ma mère par la manche et lui ai dit : « Et nous ? » Ma mère a répondu : « Rivke, tu es française toi. Et tu as onze ans, tu es trop petite pour travailler. Pourquoi t'emmèneraient-ils ? » Moi, je répétais : « Maman, ils vont revenir et moi, je ne veux pas rester seule sans toi ni papa. Je veux partir avec vous. Je t'en supplie, prépare la valise. »

Alors maman est redevenue elle-même. Elle a sorti une vieille valise et, pour moi, un sac à dos que papa m'avait acheté pour aller en colonie. Elle a pris pour elle une robe de laine, un manteau, du linge. Et aussi des chaussures de marche et un gros pullover. Et dans le sac, elle a mis des chaussettes et une veste épaisse avec une écharpe de laine rouge. Je l'ai aidée de mon mieux. Des larmes roulaient sur son visage. Puis elle a fermé soigneusement les serrures de la valise, elle a bouclé mon sac et nous nous sommes assises sur le grand lit. Maman me serrait contre elle et nous avons attendu en silence. La porte de ma chambre était restée ouverte et je voyais mon ours en peluche sur l'oreiller, qui me regardait avec ses yeux de verre.

Les minutes ont passé. J'entendais les bruits de l'immeuble qui s'éveillait. La porte de l'entrée a claqué. C'étaient d'autres policiers. Leur chef a dit :

« Vous êtes encore là toutes les deux ? Tant pis, en route, nous sommes pressés. » Maman a demandé des nouvelles de papa. Le policier lui a répondu : « On verra ça plus tard. » Elle a pris sa valise, moi le sac. Un policier ouvrait la marche, un autre la fermait derrière moi. Nous sommes descendus par l'escalier étroit. Des portes s'ouvraient au passage, et vite se refermaient. En bas, Mme Paulette, la concierge, qui se tenait devant la loge a dit : « Au revoir madame Poznansky, bon courage. »

Ma mère n'a pas répondu et nous sommes montées dans l'autobus qui attendait devant l'immeuble. Il était déjà plein de Juifs portant l'étoile jaune, avec des agents sur la plateforme. Puis l'autobus est parti place de la République. Nous sommes restées là à attendre, longtemps. Des cars chargés de Juifs nous ont rejoints. L'autobus est reparti. On n'entendait que les voix des enfants demandant à boire. Maman me serrait fort la main. L'autobus roulait doucement. Place de la Concorde, il s'est arrêté.

C'est là que je t'ai vu dans ta grosse voiture noire. Un policier dans le bus s'est penché pour voir ce qui se passait. Il a dit : « Tiens, voilà Laval avec ses motards. » Papa m'avait montré un jour ta photo en première page du journal, il avait dit que tu étais le chef des ministres et un grand ami des Allemands. Je t'ai reconnu. Toi, tu m'as regardée fixement, comme si tu ne pouvais détacher ton regard de moi. Et puis ta voiture est repartie, très vite.

Le bus est arrivé devant un grand bâtiment gris. Un policier a dit en riant : « Vélodrome d'Hiver, tout le monde descend. » Maman portant sa valise, et moi mon sac sur l'épaule, nous sommes entrées dans le bâtiment. C'était l'enfer. Des milliers de Juifs étaient assis sur les gradins en ciment. Des enfants blottis contre leurs parents, les mères qui pleuraient, les pères qui les serraient dans leurs bras. Dehors, il pleuvait et la verrière cassée laissait passer des rigoles d'eau. Des haut-parleurs hurlaient. Une odeur affreuse montait des paillasses jetées sur les gradins. C'était ça le pire. Les toilettes étaient bouchées, trop de monde affluait. Les Juifs qui n'en pouvaient plus faisaient leurs besoins dans les couloirs. Et moi, j'ai dû faire pipi dans ma culotte, j'étais morte de honte.

Tu as des enfants ? Peut-être une fille ?

PIERRE LAVAL *(d'une voix sourde)* — Oui.

LA PETITE FILLE — Alors imagine ta fille, ta princesse, le derrière sale, très peu à manger et presque rien à boire. Juste une gorgée d'eau dans un gobelet en carton que ma mère m'avait ramené après des heures de queue. Tout le jour, des appels ont résonné dans les haut-parleurs demandant des médecins. Mais il n'y avait que deux docteurs de service pour ces milliers de gens et quelques infirmières qui couraient le long des gradins pour faire une piqûre ou donner un cachet. Des médecins juifs s'étaient proposés, mais on leur avait interdit de quitter leur place. Des gardes mobiles y veillaient, au besoin à coup de matraque.

C'est toi, Laval, disait-on, qui avais voulu pour nous cet enfer parce que nous étions non seulement des Juifs mais des étrangers, des Polaks, des Litvaks, des Bessarabiens…

PIERRE LAVAL *(protestant)* — Bousquet m'avait assuré que tout avait été organisé pour que les Juifs arrêtés soient traités avec humanité, surtout les femmes et les enfants. Et le préfet de police m'avait dit, ce matin-là, qu'il y avait personnellement veillé.

LA PETITE FILLE — Je ne sais pas qui est ce M. Bousquet, ni ton préfet. Mais ils t'ont menti.

Et puis après trois jours sur ces gradins, dans le vacarme, la faim, la saleté, on nous a menés dans un camp aux environs de Paris. On était entassés dans des wagons de marchandises. Ma mère était restée avec moi. De la paille pourrie sur le plancher et un peu d'eau, quelques morceaux de pain dur pour nourriture. Le voyage a duré des heures. Les plus petits avaient tous la diarrhée. Ça puait tellement que quand nous sommes arrivés au camp, les gendarmes n'ont pas voulu faire sortir les enfants. Ce sont des détenus juifs qui l'ont fait, avec quelques infirmières de la Croix-Rouge. Ils nous ont conduits aux douches. Et là, grelottants, j'ai vu ces corps chétifs, et leurs yeux noirs me fixaient, moi, la grande fille, l'aînée qui aurait dû les protéger et qui ne pouvait que pleurer avec eux.

PIERRE LAVAL *(balbutiant)* — Mais c'était contraire à mes instructions.

LA PETITE FILLE — Alors, écoute bien, le pire restait à venir. Après des jours et des nuits de misère au camp, les gendarmes sont venus et ont pris ma mère et d'autres femmes. Ils nous ont arrachés à elles à coups de crosse. Les enfants hurlaient. Les mères pleuraient. Maman m'a regardée en silence avec tant d'amour et de douleur que je suis restée figée. Je savais que je ne la reverrais jamais.

PIERRE LAVAL — Mais Oberg, le chef de la Gestapo, m'avait dit que vous, les enfants, rejoindriez vos parents en Pologne.

LA PETITE FILLE — Des mensonges comme toujours. Mais ça t'arrangeait. Parce que tu savais que ce qui nous attendait là-bas, en Pologne, c'était la mort.

Laval fait un geste de dénégation.

Alors tu dois connaître la suite. Je suis restée au camp quelques jours, et puis on a transféré les enfants à Drancy. Le lendemain, ce fut le grand départ avec d'autres enfants. Tu veux que je te raconte le voyage, entassés pendant trois jours dans le wagon ? Tu veux que je te raconte l'arrivée, les chiens, les fouets des SS sur le quai d'Auschwitz ? Et la marche vers le bloc en béton d'où montait la fumée ?

PIERRE LAVAL *(éperdu)* — Non. Un prêtre polonais l'a dit un jour confidentiellement à l'ambassadeur d'Espagne, qui me l'a rapporté. Mais je n'y croyais pas. C'était trop horrible.

LA PETITE FILLE — Dis plutôt que tu ne voulais pas l'entendre. Tu as livré des milliers d'enfants juifs aux nazis, sachant qu'ils les tueraient. Tu es un assassin d'enfants, Pierre Laval. Et aussi un lâche, pour l'éternité.

La fillette se tait. La lumière de l'ampoule baisse. La pénombre s'épaissit dans la cellule. La fillette se glisse vers la porte de la cellule et disparaît.

*
* *

Laval relève la tête qui reposait sur son bras replié, posé sur le panneau. Il s'éveille du sommeil où la fatigue l'avait plongé. Après quelques instants, il se lève lourdement, va vers la patère où est accrochée sa pelisse. Il palpe la doublure et extirpe une ampoule. Il la regarde et la secoue. Puis l'ampoule serrée dans sa main, il s'allonge sur le lit de fer et recouvre son corps d'une couverture de grosse laine.

La lumière baisse encore. La cellule n'est plus éclairée que par la veilleuse au-dessus du judas. Tout est ombre et silence dans la nuit carcérale.

Au fond de la scène, apparaît un fac-similé de la première page d'un journal daté du 15 octobre 1945 : « Après une tentative d'empoisonnement, Pierre Laval a été ranimé et fusillé à la prison de Fresnes par un peloton de soldats français. »

Un autre fac-similé suit :

« Paris, 24 juin 1949. La Haute Cour de justice a acquitté hier René Bousquet, ancien Secrétaire général de la Police de Vichy d'avril 1942 à décembre 1943, du chef d'atteinte aux intérêts de la Défense nationale. De surcroît, après l'avoir condamné à cinq ans de dégradation nationale, la Haute Cour de justice l'a aussitôt relevé de cette peine pour avoir, en de nombreuses circonstances, participé de façon active et soutenue à la Résistance contre l'occupant. »

FIN

LES BRIQUES ROUGES DE VARSOVIE

Introduction

Sur un rayon de ma bibliothèque, depuis près d'un demi-siècle, deux briques cassées sont posées. Elles n'ont rien de remarquable, ni par leur couleur, rouge foncé, ni par leur texture. Mais elles sont précieuses pour moi. Ces morceaux de brique sont des fragments du mur qui entourait le ghetto de Varsovie. Dans les années 1950, à l'occasion d'un congrès de la Fédération internationale des orphelins de guerre, dont j'étais l'avocat, je m'étais rendu, pour la première fois, à Varsovie. Échappant à l'ennui des séances, j'étais parti à la découverte de la ville avec un professeur polonais francophone. Je lui demandai de me conduire à l'emplacement du ghetto de Varsovie pendant l'occupation nazie. Rien ne demeurait, hormis quelques pans de murs, de ce qui avait été le ghetto. Tout avait été rasé après l'insurrection du printemps 1943, l'incendie des immeubles et la liquidation des derniers habitants.

Plus de dix ans s'étaient écoulés depuis le soulèvement. Là où, jadis, étaient parqués des centaines de milliers de Juifs, dans des maisons misérables, s'étendait un ensemble d'immeubles anonymes et sans grâce, identiques à tous ceux que les régimes communistes édifiaient dans les démocraties populaires à l'est de l'Europe. À un moment donné, alors que le professeur, plan à la main, me montrait l'emplacement exact du mur qui entourait le ghetto, il s'arrêta devant un muret à moitié effondré, rongé de lierre. Il me dit que c'était là un reste du mur que l'on allait faire disparaître bientôt. Je regardai ces briques, vestiges de la tragédie. Alors, cédant à une impulsion soudaine, je me baissai et ramassai deux fragments qui gisaient sur le sol. Le professeur me regarda les mettre dans la poche de mon manteau et me dit, avec un sourire : « Vol de propriété socialiste ! » De retour à Paris, je posai les deux fragments côte à côte dans ma bibliothèque. Ils ne m'ont jamais quitté à travers les péripéties de la vie. Ils me sont précieux comme les dernières traces d'une cité engloutie à laquelle je demeure attaché, inexplicablement, puisque je n'ai aucun lien familial avec le judaïsme polonais.

Depuis cette lointaine époque, je suis retourné à Varsovie, notamment après 1989. Mais je ne me suis pas attardé sur les lieux où se dressait le ghetto. À quoi bon interpeller le vide ? Le ghetto est devenu, pour moi, un espace imaginaire, peuplé d'ombres. Ce ne sont pas des âmes mortes, elles me parlent de ce qu'elles ont connu et souffert. Nombreux sont les ouvrages publiés sur l'histoire du ghetto de Varsovie et son anéantissement. Mais ce sont les carnets intimes, les chroniques, tenus au jour le jour par ceux qui ont vécu ces années-là, dans le ghetto, que j'ai maintes fois relus. Leurs voix étouffées murmurent, à travers le temps écoulé, la souffrance et l'angoisse. Et aussi la révolte contre leurs bourreaux SS, contre la police polonaise et juive. Haut de trois mètres, surmonté de barbelés et hérissé de tessons de bouteilles, le mur de briques rouges traçait la limite, infranchissable sous peine de mort, entre les Juifs et les autres. Et pourtant, des derniers étages, les habitants du ghetto pouvaient apercevoir la vie ordinaire qui se poursuivait dans la Varsovie « aryenne », de l'autre côté. La vie dont ils étaient retranchés.

Ainsi, au long des années, au fil des lectures, parfois des rencontres avec quelques-uns des très rares survivants, cette cité engloutie de douleur et de mort est devenue une partie de mon passé imaginaire. J'ai voulu connaître l'histoire de l'anéantissement programmé des Juifs de Varsovie[1], la plus importante communauté de Juifs en Europe avant la guerre. Mais, au-delà des faits eux-mêmes, je voulais appréhender, comprendre comment les acteurs eux-mêmes avaient vécu leur tragédie. À mesure que j'avançais dans cette quête, je ressentis le singulier syndrome, si justement décrit par l'écrivain juif Rymkiewicz : « Tous ceux qui s'occupent de l'histoire des Juifs polonais pendant la dernière guerre connaissent les conséquences de ce travail sur leur psychisme. Après avoir lu, pendant des semaines ou même des mois, des écrits sur ce thème, le chercheur finit par sombrer dans un état que l'on

1. Un recensement ordonné par les Allemands eut lieu le 28 octobre 1939. Il fait état de 359 827 Juifs, soit 28,2 % de la population de Varsovie. Cf. *Le Monde juif, Revue d'Histoire de la Shoah*, 1993, n° 147-148, p. 69.

pourrait définir comme une espèce de psychose due au fait d'avoir circulé sur le territoire de la mort[1]... »

*
* *

L'ESPACE

Le ghetto de Varsovie, c'était d'abord un lieu clos cerné d'un mur, une immense prison. Deux parties dans cette enceinte, reliées par un pont de bois passant au-dessus d'une rue « aryenne » : le grand et le petit ghetto, qui fut supprimé en octobre 1941. Cet espace représentait l'équivalent de la moitié du 18e arrondissement de Paris. En novembre 1940, par ordre des Allemands, 360 000 personnes avaient été concentrées là. D'autres Juifs, venus des bourgs ou de cités du gouvernement général de Pologne, les avaient rejointes. Les habitants aryens du quartier avaient dû déménager. Leur relogement n'avait pas été difficile. Les appartements vidés par les Juifs dans Varsovie représentaient une superficie très supérieure à celle qui leur avait été assignée. Ni jardins, ni arbres dans le ghetto. Mais un cimetière, une prison, un hôpital et des orphelinats. Les rues étroites grouillaient de monde. Aucun Juif ne pouvait sortir du ghetto sans autorisation, sous peine de mort. Aucun Allemand ni Polonais ne pouvait y entrer, sauf dérogation particulière. Les entrées du ghetto étaient surveillées par des policiers polonais, sous l'autorité de gendarmes

1. J.-M. Rymkiewicz, *La Dernière Gare, Umschlagplatz*, traduit du polonais, Robert Laffont, 1989, p. 56.

allemands[1]. Le ghetto : une cité dans la cité. Un monde clos. Un enfer.

*

* *

LE SUICIDE DE CZERNIAKOW

Dans toute tragédie, il y a un moment décisif où le destin bascule et emporte les héros. Ainsi, dans l'histoire du ghetto de Varsovie, qui commence en novembre 1940, quand on mure les rues et qu'on ferme les issues du ghetto, et qui s'achève en mai 1943 par l'écrasement de l'insurrection, le tournant décisif s'inscrit à l'été 1942 : du 22 juillet jusqu'en septembre 1942, lorsque sont déportés 310 000 Juifs du ghetto de Varsovie vers le camp d'extermination de Treblinka.

Jusqu'à ce moment-là, jusqu'à ce que soit collée sur les murs du ghetto l'affiche blanche annonçant la déportation, avec leur famille, de tous ceux qui ne justifieraient pas d'un travail dans un atelier travaillant pour les Allemands ou d'un emploi au *Judenrat*[2], dans la police juive, les Juifs avaient pu conserver une sorte d'espérance. Le ghetto de Varsovie était un centre de production efficace au service du Reich. Et sa surveillance ne pesait guère sur l'armée allemande. Le

1. Quatre-vingt-sept soldats allemands, sous les ordres d'un *Oberleutnant*, assurèrent, depuis janvier 1941, la garde du mur. Aucun Allemand, sauf autorisation, ne devait entrer dans le ghetto.

2. Conseil juif, en allemand. L'administration du ghetto de Varsovie avait été confiée par les nazis à un *Judenrat* composé de Juifs.

système d'autogestion du ghetto par le Conseil juif et le maintien de l'ordre par la police juive libéraient les Allemands de la charge d'une administration directe. À quoi bon détruire un ghetto qui ne coûtait rien et rapportait beaucoup, se disaient les Juifs cherchant des raisons d'espérer. Mais à l'annonce de la déportation de masse, le voile d'illusions se déchira. Pourquoi déporter vieillards, enfants, malades, tous inutiles pour toute production, sinon pour les éliminer ? Tout ce qui avait été rapporté sur l'extermination des Juifs à Auschwitz, à Chelmno ou à Sobibor, et que l'on avait refusé de croire, apparaissait dans sa terrible réalité : la déportation signifiait la mort, l'élimination dans les chambres à gaz des camps d'extermination.

Le suicide d'Adam Czerniakow, le président du *Judenrat*, le jour même où commencent les grandes rafles, témoigne de cette prise de conscience désespérée. Le 22 juillet 1942, il note dans ses carnets : « À 10 heures, Hoeffle (l'officier SS responsable des déportations) est venu… On nous a déclaré que les Juifs, à certaines exceptions près, doivent tous, sans discrimination de sexe ou d'âge, être expulsés vers l'Est. Aujourd'hui, avant 6 heures, on doit en fournir 6 000. Et autant (au moins) chaque jour. » Le lendemain, 23 juillet, il poursuit : « À la question, combien de jours par semaine se déroulerait l'Action[1], on m'a répondu : 7 jours par semaine… Il est 15 heures. Pour l'instant, il y a 4 000 personnes pour le départ. Selon les ordres, il en faut 9 000 avant 16 heures. »

1. *Aktion*, en allemand. Désigne l'évacuation du ghetto et l'extermination massive de ses habitants.

Une heure plus tard, Czerniakow est retrouvé mort dans son bureau. Il a avalé du cyanure. Sur la table, une courte lettre à sa femme : « On exige de moi de tuer, de mes propres mains, les enfants de mon peuple. Il ne me reste que la mort[1]. »

Dans sa chronique, l'historien du ghetto, Emanuel Ringelblum, écrit : « Le suicide de Czerniakow, venu trop tard, signe de faiblesse, aurait dû exhorter à la résistance. Homme faible[2]. » Et Marek Edelman, un des chefs de l'insurrection qui, interne à l'hôpital, avait vu passer, sur l'*Umschlag*[3], les centaines de milliers de Juifs déportés vers Treblinka, déclarait, vingt-quatre ans plus tard, à propos de Czerniakow : « Il s'est suicidé. Il n'aurait pas dû. Il fallait mourir dans un feu d'artifice. On en avait énormément besoin. Il fallait mourir mais, auparavant, appeler les gens à se battre… On lui en a voulu d'avoir fait de sa mort une affaire personnelle. Nous pensions qu'il fallait mourir publiquement, sous les yeux du monde[4]. »

---

1. Adam Czerniakow, *Carnets du ghetto de Varsovie*, La Découverte, 1996, pp. 268-269.

2. Emanuel Ringelblum, *Chronique du ghetto de Varsovie*, traduction française de Léon Poliakov, Robert Laffont, 1958, p. 327.

3. Place de Varsovie, à la périphérie du ghetto, d'où partaient les trains de déportation.

4. Marek Edelman, Hanna Krall, *Mémoires du ghetto de Varsovie : un dirigeant de l'insurrection raconte*, préface de Pierre Vidal-Naquet, éditions du Scribe, 1977, p. 73.

Cf. Bernard Goldstein : « Czerniakow aurait dû lancer à la face des Allemands, la malédiction de tout le ghetto… Il est vrai, pourtant, que chacun de nous à titre individuel approuva et admira sa fin de martyr. », in *Cinq années dans le ghetto de Varsovie*, traduit par E. Dal et V. Clerk, La Renaissance du Livre, 1962.

Les efforts de Czerniakow et du *Judenrat* pour tenter de sauver du moins une partie des Juifs se révélèrent dérisoires. Les avantages consentis aux membres et aux employés du *Judenrat* apparaissaient comme des privilèges aux yeux des plus misérables habitants du ghetto. Dans le cas de Czerniakow, on décèle dans ses carnets l'obsession de conduire la communauté juive, à travers toutes les humiliations, les sacrifices et même les morts, jusqu'au rivage espéré de la fin de l'Occupation. La longue et tragique histoire, jalonnée de persécutions des Juifs polonais auxquelles ils avaient toujours réussi à survivre, incitait les meilleurs de ceux qui l'entouraient au *Judenrat* à poursuivre dans cette voie. Sans mesurer que, cette fois-ci, il ne s'agissait plus seulement de dépouiller, d'abaisser les Juifs, mais bien de les anéantir, de faire disparaître le peuple juif tout entier dans une Europe entièrement asservie aux nazis. Là, comme ailleurs en Pologne, l'habileté des nazis fut d'utiliser le *Judenrat* pour conduire à sa fin tragique la population juive de Varsovie. Czerniakow n'avait jamais cessé, comme le veut la tradition juive, de se soucier d'abord du sauvetage des enfants, gage de l'avenir et de la renaissance du judaïsme polonais. Ainsi, le voit-on, à la veille de l'Action, relever dans ses carnets, avec une fierté dérisoire, la création d'un jardinet pour les enfants du ghetto[1], d'un nouvel orphelinat ou d'une représentation théâtrale à l'école !

1. Cf. A. Czerniakow, *Carnets du ghetto de Varsovie*, *op. cit.*, p. 264 : « 1er juillet 1942, inauguration du jardinet pour les enfants. Foule de gens. La chorale. L'orchestre. Un ballet. J'ai parlé aux enfants. Ils m'ont fait une ovation dans la rue. »

Il écrit, le 8 juillet 1942 : « Plusieurs me reprochent d'organiser des distractions pour les enfants, d'inaugurer des jardins, de faire jouer l'orchestre, etc. Je me souviens d'un film. Le bateau coule et le capitaine, pour donner du courage aux passagers, ordonne à l'orchestre de jazz de jouer. J'ai décidé d'imiter le capitaine[1]. » C'est lorsque les SS lui signifient que les enfants doivent être conduits à l'*Umschlagplaz* d'où partent les trains de la déportation, que Czerniakow a mesuré l'immensité du crime auquel il avait, d'une certaine manière – bien qu'il ne l'ait pas voulu – prêté la main. Il ne lui restait plus qu'à se tuer.

Le suicide de Czerniakow témoigne à la fois de son échec et de son désespoir. À la lumière de l'anéantissement du ghetto et de l'extermination de sa population, l'action de Czerniakow et du *Judenrat* apparaît comme une erreur politique majeure. En 1939, la population juive de Varsovie représentait 360 000 personnes, 30 % de la population de la capitale. L'administration directe, la mise en œuvre d'une réglementation tatillonne par les Allemands d'une telle masse d'individus se serait révélée une tâche impossible, un fardeau insupportable pour les forces militaires d'occupation. Utiliser à cette fin, comme dans d'autres pays occupés, l'administration et la police polonaise n'était pas inconcevable. Mais c'était leur concéder une autorité incompatible avec l'annexion d'une partie de la Pologne et la création du « gouvernement général » soumis directement à l'autorité allemande. Humiliations, spoliations et vio-

1. *Ibid*, p. 262.

lences auraient accablé les Juifs polonais. Le génocide de centaines de milliers de personnes au sein d'une capitale occupée n'aurait sans doute pu être réalisé comme il le fut si le *Judenrat*, présidé par Czerniakow, n'avait été l'instrument docile des volontés allemandes jusqu'aux jours terribles des déportations massives de l'été 1942.

Une grande voix, consciente du sort qui attendait les Juifs polonais, s'est élevée dès les premiers jours de l'occupation allemande, au sein du *Judenrat*, pour inviter les Juifs à résister, à refuser en masse de se plier à l'ordre qui leur était donné de gagner le quartier juif réservé. Cette voix fut celle d'Artur Zygielbojm qui représentait le Bund au sein du Conseil juif. À l'issue de la séance du *Judenrat* consacrée à la création du ghetto, en novembre 1940, il déclara : « Je vois que je n'ai pas réussi à vous prouver que nous n'avons pas le droit de nous soumettre… Je sens que je n'aurais pas le droit de vivre si le ghetto était réalisé par nous. C'est pourquoi je dépose mon mandat. Je sais que le devoir du président est d'informer aussitôt la Gestapo de ma démission… Mais je ne puis agir autrement[1]. » Le lendemain, 7 novembre 1940, de nombreux Juifs vinrent au siège du *Judenrat* pour y recevoir les informations. Artur Zygielbojm parut au balcon et adjura la foule de ne pas se rendre au ghetto de leur plein gré, et d'attendre d'être expulsés de force de chez eux. La Gestapo donna aussitôt l'ordre de l'arrêter. Il parvint à fuir et, grâce à la résistance polonaise,

1. Henri Minczeles, *Histoire générale du Bund. Un mouvement révolutionnaire juif*, Austral, 1995, p. 407.

à gagner Londres. Il ne cessa d'alerter le gouvernement polonais en exil et, surtout, les gouvernements anglais et américain sur le sort tragique des Juifs polonais. Désespéré par leur silence devant le génocide en cours, lorsqu'il réalisa que nulle aide ne viendrait au secours des insurgés du ghetto de Varsovie, Artur Zygielbojm se suicida, à Londres, le 12 mai 1943. Dans la lettre qu'il laissa, le leader bundiste écrivait : « La responsabilité du crime que constitue le massacre de toute la population juive retombe en premier lieu sur ceux qui le commettent, mais ce crime est aussi un fardeau qui pèse indirectement sur l'humanité entière, sur les peuples et les gouvernements des nations alliées qui n'ont, jusqu'ici, aucunement tenté de prendre des mesures concrètes dans le but de faire cesser ce crime... Je ne puis garder le silence. Je ne puis continuer à vivre pendant que ce qui reste de la population juive est en train de périr. Par ma mort, je souhaite protester énergiquement contre l'extermination du peuple juif et la passivité du monde libre[1]. » Faire de son suicide un acte politique, voilà ce que Czerniakow n'a pas su accomplir, contrairement à Zygielbojm. Les deux hommes se connaissaient. Mais l'un était un notable communautaire, l'autre un socialiste révolutionnaire.

*

* *

Le suicide de Czerniakow, le 23 juillet 1942, marque la fin d'une époque. Avant, il y avait encore

1. *Ibid.*, p. 420.

une vie au ghetto. Dans cet enclos misérable, hanté par la mort, toujours présente dans la rue où passaient sans cesse les charrettes des fossoyeurs, demeurait une activité fébrile. Survivre était l'impératif. Et pour survivre, tout était bon. Travailler comme un forcené dans les fabriques des industriels allemands ou dans des ateliers d'artisan, faire de la contrebande dont les profits et les risques étaient considérables, vendre ses derniers biens : livres, hardes, vaisselle, vestiges du passé, sur les étalages, au coin de la rue, ou mendier une obole parce qu'on avait trop faim. Et puis, pour les plus corrompus, vivre, c'était aussi trafiquer de tout ou faire des affaires avec les Polonais de l'autre côté du mur, s'arranger avec la police juive ou polonaise, ou la Gestapo, pour qu'elle ferme les yeux. Ainsi apparaissaient, dans cette misère immense, des fortunes soudaines, comme des fleurs vénéneuses. Et, comme il faut profiter de l'instant qui passe, et que la mort rode, s'ouvraient, pour les trafiquants et les millionnaires du ghetto, des restaurants de marché noir aux additions fabuleuses, des boîtes de nuit[1]. Des théâtres présentaient des œuvres en yiddish, mais

1. Cf. E. Ringelblum, *Chronique du ghetto de Varsovie*, *op. cit.* 19 février 1941, p. 147 : « Au palais de la mélodie, le carnaval a été célébré avec un concours de beauté pour les jambes les plus jolies. Le ghetto danse… », 28 février 1941, p. 153 : « De nouvelles boîtes de nuit ont été ouvertes. »

Cf. Bernard Goldstein, *Cinq années dans le ghetto de Varsovie*, *op. cit.*, p. 46, qui cite les noms de restaurants de luxe et boîtes de nuit dans le ghetto. Les principaux clients de ces lieux étaient juifs, collaborateurs des autorités allemandes, fonctionnaires de la police, rois du marché noir, trafiquants de devises.

aussi en polonais[1]. Et la passion pour la musique, si intense chez les Juifs polonais, subsistait encore dans le ghetto où un orchestre donnait des concerts.

Mais, omniprésente, la mort mène le bal. Sous-alimentation chronique, typhus, promiscuité, manque de médicaments, le nombre de décès va croissant. Entre le 1er janvier 1941 et le 30 juin 1942, le Conseil juif enregistre 69 355 morts, un sixième de la population du ghetto. Il fallait sans cesse élargir les cimetières.

*

*   *

LA POLICE JUIVE DU GHETTO

Comme toujours, en des circonstances extrêmes se révèlent les caractères. Le ghetto a compté ses héros et ses salauds, et une masse de malheureux cherchant désespérément à survivre. Le rôle du *Judenrat* de Varsovie, à la lumière de la Solution finale, peut apparaître comme une forme de collaboration qui a facilité l'action des nazis[2]. Quel que soit le dévouement à la

---

1. Cf. E. Ringelblum, *op. cit.*, août 1941, p. 217 : « Il y a quatre théâtres au ghetto. La mise en scène par Mark Arnstein de la traduction polonaise de Mirele Efros est digne d'être mentionnée. »

Cf. Préface de R. Hilberg et S. Staron aux *Carnets du ghetto de Varsovie*, *op. cit.*, p. XXXIX.

2. Cf. Michel Mazor, « Ayant parqué les Juifs dans l'enceinte du ghetto, les Allemands se sont, d'une manière générale, peu intéressés à eux, et relativement peu immiscés dans la vie et les relations réciproques des Juifs enfermés dans le ghetto. À cet effet, les pleins pouvoirs ont été délégués aux *Judenräte*. Dans les limites des possibilités existantes dans cette ville de la

communauté de nombre de membres des *Judenräte*, dans la mesure même où ils exécutaient les consignes toujours plus cruelles des SS, ils étaient exposés au ressentiment des masses misérables du ghetto. Les avantages dont ils bénéficiaient, eux et leurs familles, qui s'étendaient aux fonctionnaires qu'ils choisissaient[1], ne pouvaient que les vouer à une détestation croissante à mesure que les conditions dans le ghetto devenaient plus cruelles. Et surtout l'assurance (qui se révéla, *in fine*, fallacieuse) qu'ils ne seraient pas, ni leurs femmes et enfants, sujets à déportation, les rendait odieux à ceux que guettaient arrestations ou rafles.

Si l'on ajoute que les « cartes de survie », c'est-à-dire les documents justifiant de l'appartenance aux catégories exemptes de déportation, étaient délivrées par le *Judenrat*, on mesure ce que l'octroi – ou le refus – de tels documents pouvait susciter d'angoisse et aussi de rancœur contre ses membres et ses employés.

Mais c'est la police juive du ghetto qui s'avère, à la lecture des carnets ou des témoignages, avoir suscité une véritable haine de la part des Juifs[2]. Les

---

mort, le *Judenrat* pouvait régler et diriger la vie des Juifs » in *La Cité engloutie. Souvenirs et réflexions sur le ghetto de Varsovie*, Éditions du Centre, 1955, p. 42.

1. Le *Judenrat* de Varsovie, organisé en trente départements et commissions diverses : budget, santé, secours, sépultures, a compté jusqu'à 6 000 employés. Cf. Annette Wieviorka, « L'historique du Ghetto », in *Le Monde juif, Revue d'Histoire de la Shoah*, 1993, n° 147-148, p. 38.

2. La même haine se trouve exprimée à l'encontre des policiers juifs du ghetto de Lodz, le plus important après celui de Varsovie.

Allemands n'avaient ni l'intention, ni les moyens d'assurer la police quotidienne dans le ghetto. Ils se défiaient de la police polonaise. Czerniakow souhaitait assurer l'autorité du *Judenrat* et faire régner l'ordre nécessaire dans le ghetto par une police juive recrutée par le *Judenrat*. De 1 000 membres au départ, ce « Service du maintien de l'ordre juif », selon sa dénomination officielle, en compta bientôt 2 000. Czerniakow accorda au recrutement des policiers une attention particulière. Il croyait aux vertus de la compétence et de l'éducation. La police juive fut donc placée sous la direction d'un ancien commissaire de police polonais converti au catholicisme, mais juif selon les critères raciaux des Allemands, Szerynski. La fonction de policier comportait des avantages considérables : outre des rations alimentaires supérieures[1], les policiers furent exemptés, dès l'origine, du travail obligatoire et, surtout, à l'abri des rafles et de la déportation. Nombreux furent les Juifs diplômés qui gagnèrent les rangs de la police[2]. Un grand avocat de Varsovie, Maximilien Schoenbach, fut le

---

Cf. S. Frank, « Journal du ghetto de Lodz (extraits) », in *Le Monde juif, Revue d'Histoire de la Shoah*, n° 154, pp. 88-89.

1. Cf. le tableau des rations mensuelles de pain : 2 kg ration de base, 4 kg pour les employés du Conseil juif, 10 kg pour les policiers juifs. Préface de Raul Hilberg et Stanislaw Staron aux *Carnets du ghetto de Varsovie*, *op. cit.* p. XXXVI.

2. Cf. Bernard Goldstein : « Devenir policier signifiait, pardessus tout, être placé dans une situation privilégiée par rapport au reste de la population juive... Chacun fit agir ses relations auprès de la commission d'enrôlement. On offrit des pots-de-vin sous toutes les formes. Des hommes dotés d'une instruction supérieure, toute une jeunesse magnifique n'eut plus d'autre ambition que d'entrer dans cette police. »

coordinateur du service d'ordre dans le ghetto[1]. La police juive fut divisée en commissariats et brigades de quartier. Les policiers étaient identifiables par leur casquette noire à visière d'aspect militaire, ornée d'une étoile bleue de David. Pas d'uniforme, mais la mode fut, chez les policiers juifs, d'imiter les nazis : hautes bottes, grands imperméables serrés à la taille. Sur la manche droite, le brassard blanc à étoile de David, obligatoire pour tout Juif. Pas d'armes, mais des bâtons ou des cravaches[2]. Jusqu'en 1942, les policiers juifs ne percevaient pas de salaire régulier, faute de fonds disponibles. Bien vite, la corruption s'établit parmi eux. Tout devint prétexte à un racket permanent des populations du ghetto. Ringelblum écrit : « Dès avant les grandes déportations, la police juive avait très mauvaise réputation. La police polonaise ne prenait pas part aux rafles pour le travail forcé. C'était la police juive qui était chargée de ces tristes activités. Les agents de police juifs se distinguaient aussi par leur terrible immoralité et leur corruption[3]. »

Le pire survint lors des grandes déportations de l'été 1942. Les policiers juifs et leurs familles figuraient parmi les catégories exemptes de déportation. La police juive reçut l'ordre d'arrêter et de conduire

1. Cf. A. Czerniakow, *op. cit.*, p. 320.

2. Cf. Michel Mazor : « J'étais présent lorsque la rafle se déroula dans notre maison. Elle était dirigée par un officier de la police juive, l'avocat L. Il portait de hautes bottes jaunes, une vareuse élégante, et tenait une cravache à la main. Par tout son aspect, il tâchait d'imiter un SS » *in* « La Cité engloutie », *Le Monde juif, Revue d'Histoire de la Shoah*, 1993, n° 147-148, p. 52.

3. E. Ringelblum, *op. cit.*, p. 340.

à l'*Umschlagplatz* le quota quotidien de Juifs voués à la déportation par wagons entiers vers Treblinka. Chaque jour, tout policier devait livrer cinq à sept « têtes », selon l'expression du ghetto. Faute de quoi, les membres de sa famille prendraient la place de ces malheureux. Pendant des semaines, la police juive se livra ainsi à une chasse aux Juifs. Les témoignages abondent sur leur comportement. Ringelblum écrit : « Souvent, la cruauté de la police juive dépassait celle des Allemands, des Ukrainiens et des Lettons. Ils ont découvert plus d'une cachette, cherchant à être plus catholiques que le pape et se ménager les faveurs des autorités occupantes. Pendant plusieurs heures, j'ai observé la procession vers les wagons de l'*Umschlagplatz*, et j'ai remarqué que de nombreux Juifs qui avaient eu la bonne fortune de pouvoir se faufiler vers l'endroit où se tenaient les porteurs d'exemption étaient repérés et traînés vers les wagons par la police juive... Ceux qui n'avaient pas assez d'argent pour acheter les policiers étaient traînés vers les wagons ou poussés dans les files qui se dirigeaient vers l'*Umschlagplatz*... » Et il ajoute : « Jamais, au cours de notre histoire, nous n'avons vu pousser tant de centaines d'assassins capables de saisir les enfants dans la rue, de les traîner à l'*Umschlag* et de les jeter dans les wagons... Violents et impitoyables, ils cognent comme des sourds sur tous ceux qui tentent de leur résister. Chaque Juif de Varsovie, chaque femme et chaque enfant peut citer des milliers de cas de la cruauté et de la violence de la police juive. Ces cas ne seront jamais oubliés par les survivants[1]. »

---

1. *Ibid.*, pp. 341-342.

Cf. Vladka Meed, *On both sides of the wall : Memoirs from the Warsaw ghetto*, Hakibbutz Hameuchad Publishing House, 1973,

Nombreux sont les récits du même ordre[1]. Le châtiment de ces crimes vint des Allemands. À la fin de l'été 1942, lorsque, avec le concours de la police juive, plus de 300 000 Juifs, y compris les plus fragiles, vieillards, enfants, malades, eurent été déportés à Treblinka, un convoi partit de l'*Umschlagplatz*, la veille de Yom Kippour. Dans les wagons montèrent ce jour-là 1 500 policiers juifs avec leurs familles. Demeurèrent au ghetto quelques centaines de policiers parmi les plus criminels. La résistance juive abattit leur chef, Szerynski, puis son successeur. Les autres disparurent lors de l'anéantissement du ghetto, pendant l'insurrection du printemps de 1943.

À côté de la police juive, d'autres organisations s'étaient constituées qui servaient d'auxiliaires zélés à la Gestapo. Ainsi en fut-il du groupe dit des « Treize », chargé de lui fournir renseignements et dénonciations. Grâce à la protection de la Gestapo, le patron des Treize, Ganzweich, se livrait à d'innombrables trafics,

---

p. 36-42, décrivant le comportement des policiers juifs lors des grandes rafles de juillet 1942.

1. Cf. Michel Mazor, « La Cité engloutie », in *Le Monde juif : Revue d'Histoire de la Shoah*, 1993, n° 147-148, p. 54 : « La police juive exécutait des coups de main de gangster… Parfois, elle organisait des rafles dans les rues et libérait les gens qu'elle avait arrêtés, moyennant une rançon. Pendant la "Grande Action", il arrivait que la police juive, ayant découvert les cachettes où s'étaient réfugiés des femmes et des enfants, les livrait aux Allemands. Je me rappelle que, lorsqu'un policier était aperçu sur le territoire de la menuiserie des frères Landau (entreprise allemande du ghetto), il inspirait la même peur que si c'était un Allemand. »

exploitait cafés et boîtes. En même temps, il se vantait d'assurer une vie culturelle dans le ghetto, et se targuait de ses activités philanthropiques[1]. Le groupe des Treize fut liquidé par la Gestapo le 24 mai 1942. Sans doute craignaient-ils que les Treize ne révélent les profits que leurs protecteurs allemands prélevaient sur eux[2]. Le même sort frappa les princes de la collaboration économique, Kohn et Heller, qui, grâce à leurs relations avec les SS, exploitaient la ligne de tramways à chevaux du ghetto, un marché en plein air, diverses concessions, etc. Ils monnayaient fort cher leur crédit auprès de la Gestapo en obtenant, moyennant finances, la libération de certains prisonniers. Mais, remarque Ringelblum, « ils ne font payer qu'après avoir réussi. Honneur des voleurs[3] ! ». Tous deux furent abattus par la Gestapo, en août 1942, pour les mêmes raisons que le groupe des Treize.

Indicateurs, trafiquants, collaborateurs de toute espèce sont le fruit des occupations étrangères. Il ne pouvait en être autrement à Varsovie. Mais la question que soulève l'existence et l'action de la police juive du ghetto est d'un autre ordre. Ces policiers ont été, au moins au départ, recrutés par les membres du *Judenrat*. Czerniakow voulait une police juive de qualité, parce qu'il mesurait l'importance de son rôle dans

1. Cf. E. Ringelblum, *op. cit.*, pp. 284-285 : « 12 mai 1942. Ganzweich est devenu le mécène des littérateurs et des artistes juifs. Il organise pour eux des réceptions avec une table abondante, ce qui, de nos jours, est la chose la plus importante… Il fait des affaires d'or. »

2. *Ibid.*, p. 266.

3. *Ibid.*, p. 258.

la tragique situation du ghetto. Mieux valait, pour les Juifs, des policiers juifs que des policiers « bleus » polonais, choisis par les Allemands, pour s'occuper des Juifs. La sélection était d'autant plus facile que les candidats étaient nombreux, parce qu'en l'état de la législation antijuive, bien des diplômés ne pouvaient plus exercer leur fonction. Avocats, fonctionnaires, architectes, que pouvaient-ils espérer de mieux que d'entrer dans les services du *Judenrat*, et notamment de la police ?

Or, ces hommes-là, mêlés à d'autres éléments moins instruits, et parfois même crapuleux, ont conduit à l'encontre des Juifs du ghetto, une politique de chantage, de corruption et d'exactions de tous ordres. Pour finir, à l'été 1942, ils vont arrêter et livrer aux Allemands des centaines de milliers de Juifs pour qu'ils soient déportés vers Treblinka. Et cela tous les jours, pendant des semaines. Une survivante raconte : « Chaque matin, à 8 heures, le pas cadencé de la police juive résonnait dans les rues du ghetto, comme le signal d'une nouvelle journée de l'Action[1]. » Quand la nuit était venue, que tous les Juifs arrêtés n'avaient pu être amenés à l'*Umschlagplatz*, alors les parents couraient au commissariat du quartier pour supplier et tenter de racheter, à prix d'or, aux policiers juifs, la vie d'un des leurs. Les plus riches y parvenaient parfois et repartaient avec leurs enfants, sauvés pour un jour. Qu'importait aux policiers juifs corrompus ? Le lendemain, au matin, ils reprendraient la chasse aux Juifs leurs frères, et un autre misérable prendrait la place de celui qu'on avait

---

1. Vladka Meed, *op. cit.*, p. 30.

libéré la veille[1]. À ces moments atroces, la victoire des nazis était totale. Des Juifs eux-mêmes étaient devenus les agents zélés du génocide juif.

Pendant ces mêmes moments, en ces mêmes lieux, à l'ignominie de certains répondait la noblesse d'âme de beaucoup d'autres. Célèbres, comme le professeur Janus Korczak[2], le grand pédiatre juif qui accompagna les enfants de son orphelinat dans les wagons de la mort, alors qu'il était exempté de déportation, ou anonymes, comme ces infirmières partant avec leurs malades, ou ces instituteurs avec leurs élèves, jeunes filles rejoignant leurs mères dans le cortège des déportés, parents gagnant l'*Umschlagplatz* pour y retrouver leurs enfants. Et ce rabbin marchant droit dans la foule, portant le châle de prières et adjurant ses compagnons d'une voix forte : « Juifs, ne soyez pas abattus ! Si j'avais de la vodka, je porterai un toast à la vie, "Lehaïm !", Juifs, nous allons à la rencontre du Messie[3]. » Mais où était le Messie, ce jour-là ? À l'*Umschlagplatz* ? À Treblinka[4] ?

Cette interrogation ne cessa de hanter les Juifs qui avaient échappé à l'Action. Seuls rabbins et croyants trouvaient une réponse[5]. Mais d'autres

1. *Ibid.*, p. 42.

2. Cf. Hillel Seidman, « Journal du ghetto de Varsovie (extraits) », in *Le Monde juif : Revue d'Histoire de la Shoah*, n° 150, pp. 36-38. H. Seidman était l'archiviste du ghetto.

3. *Ibid.*, p. 46.

4. Au sujet de Treblinka, cf. le témoignage d'un Juif évadé racontant le gazage des Juifs du ghetto, *ibid.*, pp. 55-60.

5. Cf. Riskah Kraviatkovsky, « Je n'ai plus de prières », et Avrom (Abraham) Sutzkever, « Sous les étoiles lumineuses », in *Le Monde juif, Revue d'Histoire de la Shoah*, n° 147-148, pp. 183-184.

interrogations, politiques celles-là, devenaient lancinantes dans le ghetto après les grandes rafles de l'été 1942. Où avait mené la soumission du *Judenrat*, sinon à voir des milliers de Juifs du ghetto conduits à l'*Umschlagplatz* ? Isaac Zuckerman, dit « Antek », un des chefs de la résistance du ghetto, écrit après la guerre : « Nous n'avons pas mesuré l'abîme. Le ciel était assombri par les nuées, mais nous pensions : "La tempête s'abattra puis s'éloignera… La vie juive refleurira encore à Varsovie. L'histoire poursuivra son cours." Nous n'avions pas saisi que nous étions en présence d'un tournant tragique de l'histoire… Nous n'avions pas senti qu'en nous adaptant à la situation nous retombions toujours plus bas, pour être finalement engloutis[1]. » Et l'historien Ringelblum évoque, dans son Journal, à l'automne 1942, le changement d'esprit, après l'été 1942, dans le ghetto : « La majorité a décidé de résister. Je crois que les gens ne se laisseront plus conduire à l'abattoir comme des moutons. Ils veulent faire payer chèrement leur vie à l'ennemi… Ils ne se laisseront plus rafler dans les rues, car ils savent désormais que le camp de travail signifie la mort… À qui que vous parliez, vous entendiez la même chose : "Nous n'aurions pas dû laisser faire les déportations. Nous aurions dû nous précipiter dans les rues, mettre le feu partout, abattre le mur et nous échapper vers le côté aryen. Les Allemands se seraient vengés. Cela nous aurait coûté des dizaines

Cf. Chant du peuple juif massacré, in *Le Monde juif, Revue d'Histoire de la Shoah*, n° 153-154, *op. cit.*, p. 178.

1. Isaac Zuckerman, « Nous n'avons pas mesuré l'abîme », *Le Monde juif, Revue d'Histoire de la Shoah*, n° 147-148, p. 102.

de milliers de vies, mais non pas 300 000. Maintenant, nous avons honte de nous-mêmes. Notre docilité ne nous a servi à rien. Nous devons résister et, grands ou petits, nous défendre contre l'ennemi[1]." »

Ce qui advint, la révolte, l'insurrection, découle de cette conscience nouvelle des Juifs demeurés au ghetto après les déportations de l'été 1942. 30 000 Juifs environ, pour la plupart des hommes valides, travailleurs forcés dans les ateliers allemands, vivaient là, en blocs séparés, propices à l'esprit de révolte.

Déjà, dans les années antérieures à l'Action, une volonté de résistance s'était faite jour dans les groupements sionistes, bundistes, communistes. Des publications clandestines circulaient[2]. Les militants tenaient des réunions. Quant à la lutte armée, il n'y fallait pas songer. Les Juifs n'avaient pas d'armes. Dans la nuit du 17 avril 1942, 51 Juifs, des intellectuels et des bundistes, avaient été abattus par la Gestapo. Des représailles plus cruelles avaient été annoncées si cette propagande continuait. Czerniakow demanda aux responsables politiques que l'on n'édite plus de journaux et qu'on évite de se rassembler.

Dans les milieux dirigeants du ghetto, nombreux étaient ceux qui partageaient ces vues. Mieux valait se résigner au sacrifice des dizaines de milliers de Juifs

1. E. Ringelblum, *op. cit.*, p. 337.

2. « Entre juin 1940 et l'insurrection du ghetto, 70 publications clandestines ont paru dans le ghetto, dont 40 en yiddish. Elles provenaient de toutes les organisations politiques présentes dans le ghetto », in *Carnets du ghetto de Varsovie*, *op. cit.*, p. 234, note 22.

si, à ce prix atroce, des centaines de milliers d'autres étaient sauvés et que la communauté, même blessée, survivait[1]. Quant aux actions de résistance, la menace des représailles terribles annoncées par les Allemands les faisait refuser par beaucoup de Juifs, notamment parmi les religieux. « Dieu a donné et Dieu a repris ! » disait le grand-rabbin Ziska Friedman… « Puisqu'il y a une responsabilité collective de tous les Juifs en face de l'ennemi, nous ne sommes pas des criminels pour lever la main contre les Allemands et provoquer ainsi la destruction de centaines de milliers de Juifs[2]. »

*

* *

LES COMBATTANTS DU GHETTO

Cependant, durant l'été 1942, tandis que se déroulaient les grandes rafles, les groupements de jeunesse des pionniers sionistes, les « Haloutsim », décidèrent la création de l'Organisation juive de combat, l'OJC. En octobre, le Bund, le parti sioniste et les communistes constituèrent, avec ces groupes, une organisa-

---

1. Cf. l'opinion de l'historien juif Isaac Schipper lors des réunions au ghetto : « Il considérait que, dans les conditions du temps, nous ne pouvions que perdre ce qu'il était encore possible de sauver si nous nous lancions dans le combat. Et lorsque les jours de la liquidation commencèrent, il considérait que mieux valait accepter le verdict concernant les 70 000 Juifs qui devaient aller à Treblinka afin que 500 000 Juifs n'y aillent pas. » *in* Isaac Zuckerman, « Nous n'avons pas mesuré l'abîme », *Le Monde juif, Revue d'Histoire de la Shoah*, n° 147-148, pp. 103-104.

2. *Ibid.*, p. 104.

tion commune[1]. Le 25 août 1942, eut lieu le premier acte de résistance armée du ghetto. Isaac Kanal, jeune pionnier du groupe Akiba, blessa grièvement le commandant de la police juive, Szerynski. L'acte revêtait une portée politique majeure. Il signifiait que la résistance juive tenait les membres de la police juive pour des traîtres. D'autres exécutions de policiers suivirent[2]. « Nous savions, écrit "Antak", qu'il n'y avait pas de place dans le ghetto pour deux forces aussi opposées l'une à l'autre. Ou bien il y aurait le *Judenrat* et la police, ou bien il y aurait l'Organisation juive de combat… Nous attaquâmes en plein jour les agents juifs de la Gestapo… Nous imposâmes une forte contribution en argent au *Judenrat* et à ses institutions, au profit de l'OJC… Le *Judenrat* versa la contribution ; il nous pria seulement de supprimer un point dans le procès-verbal : qu'il ne fût pas écrit que la contribution était un châtiment pour des services rendus aux Allemands. À dater de ce jour, nous savions que le *Judenrat* ne ferait rien contre nous dans le ghetto[3]. »

Le 9 janvier 1943, Himmler inspecta le ghetto. La liquidation fut décidée. Les usines seraient démontées, les équipements et les ouvriers juifs transférés dans la région de Lublin. Le 18 janvier 1943, de forts détachements de Waffen SS pénétrèrent dans le ghetto. Une nouvelle « Action » commençait. Mais, cette fois-ci, les

1. Outre l'OJC, il existait une « Association militaire juive », dont les dirigeants appartenaient aux « sionistes révisionnistes » du Betar. Cf. Wellers, *op. cit.*, p. 142-143.

2. Le successeur de Szerynski à la tête de la police juive, l'avocat Lejkin, fut également abattu le 29 octobre 1942.

3. Isaac Zuckerman, *op. cit.*, p. 106.

SS furent attaqués à coups de revolver, de grenades, de cocktails Molotov jetés des immeubles. Tenus en échec, ils durent se retirer. Les combats se poursuivirent les 19 et 20 janvier 1943. Le 22 janvier, les Allemands se livrèrent à des représailles en arrosant de grenades toute la partie nord du ghetto. Mais ils n'avaient pu capturer que 1 500 Juifs et avaient dû renoncer à l'Action de masse prévue. Pour la première fois, ils avaient dû reculer devant des Juifs mal armés et peu entraînés. L'écho de ce combat fut considérable, et bien au-delà du ghetto. En réalité, les pertes subies par les Juifs avaient été considérables, notamment lors des affrontements dans les rues où les Allemands disposaient d'une supériorité écrasante. Des cinquante groupes de combat constitués, il n'en restait plus que cinq. Mais des SS avaient dû reculer devant les Juifs. On pouvait donc résister par la force aux Allemands ! L'esprit de résistance fut décuplé. Des armes furent envoyées en plus grande quantité par la résistance polonaise, ou achetées et introduites en fraude dans le ghetto. L'Organisation juive de combat reconstitua ses forces. Vingt-deux groupes furent mis sur pied, forts de 30 à 40 combattants chacun. Les groupes les plus nombreux étaient ceux des organisations de jeunesse sionistes-socialistes du Hehaloutz. Ils comptaient de nombreuses jeunes filles dans leurs rangs[1]. Les membres des unités de combat vivaient ensemble, en petites communautés organisées selon les principes du kibboutz. D'autres groupes armés autonomes

1. Cf. Joseph Kermisch, « Les véritables initiateurs de la révolte », in *Le Monde juif, Revue d'Histoire de la Shoah*, n° 147-148, p. 156.

s'étaient constitués par professions ou par quartiers. Tous reconnaissaient l'autorité de l'OJC. La tactique avait été repensée au regard des combats de janvier 1943 : éviter l'affrontement en espace ouvert, utiliser les points fortifiés dans les immeubles, les caves et les greniers. Des réseaux invisibles de communication avaient été aménagés entre les bunkers. Mordechaï Anielewicz avait été choisi démocratiquement comme chef de l'OJC. Quatre autres combattants commandaient les principaux centres de résistance. Le 18 avril au soir, prévenus que les Allemands avaient déployé des troupes et qu'ils encerclaient le ghetto, « on s'est réunis chez Anielewicz, raconte Marek Edelman, tous les cinq : l'état-major. Je devais être le plus vieux, j'avais vingt-deux ans. Anielewicz en avait un de moins[1]. » Le lendemain matin, veille de la Pâque juive, les Allemands pénétrèrent en force dans le ghetto. Ils furent accueillis par un feu nourri de cocktails Molotov. Ils durent se replier. Quelle victoire pour les Juifs ! Le général von Sammern-Frankenegg qui avait dirigé l'opération fut aussitôt relevé, le général SS Stroop prit le commandement. Les opérations de « nettoyage » du ghetto étaient prévues pour durer trois jours. La lutte armée se poursuivit pendant quatre semaines, et des affrontements continuèrent encore dans les ruines, jusqu'à l'été. Pour venir à bout de la résistance des Juifs, le général Stroop fit incendier tous les immeubles où des Juifs étaient retranchés. Une mer de feu ravagea le ghetto pendant des jours et des nuits. De l'autre côté du mur, en cette période de fêtes de Pâque, des Polonais venaient voir

1. Marek Edelman, *op. cit.*, p. 69.

brûler le ghetto de Varsovie. Une jeune fille juive, évadée du ghetto, qui vivait sous une fausse identité du côté aryen, raconte : « Dans les fenêtres d'une maison, de l'autre côté, j'ai vu deux silhouettes, il me semblait distinguer des fusils. Un homme courait sur le toit. Les passants et les badauds s'arrêtaient par groupes, levaient les têtes, se les montraient du doigt. Ce qu'ils en disaient, je ne le répéterai pas, je ne veux pas le répéter. L'après-midi, un immense incendie a embrasé le ghetto. On le voyait de partout… Quand je suis revenue, une semaine plus tard peut-être, le feu continuait… Une petite foule de badauds observait à distance. Ce qu'ils disaient, je ne le répéterai pas, je ne veux pas le répéter[1]… ! »

Le courage des combattants du ghetto, et particulièrement celui des jeunes filles du Hehaloutz, stupéfia les SS : « Ce n'étaient pas des êtres humains, déclarait le général Stroop, mais des diablesses. Agiles comme des acrobates de cirque. Elles tiraient souvent des deux mains, simultanément, avec deux revolvers, acharnées au combat jusqu'au bout, dangereuses au contact direct. Une fille capturée avait l'air d'un agneau innocent. Tout à fait résignée. Et tout d'un coup, lorsque quelques-uns de nos soldats s'approchaient, elle sortait une grenade cachée et la lançait sur les SS. Et leurs malédictions ! Cela faisait dresser les cheveux sur la

1. Alina Margolis-Edelman, *Je ne le répéterai pas, je ne veux pas le répéter*, Autrement, 1997, p. 115. L'auteur avait été élève infirmière dans le ghetto, de 1941 à 1943. Après la guerre, elle épousa Marek Edelman.

tête... Je donnai l'ordre de ne pas les capturer, de les tuer de loin, sous le feu des mitrailleuses[1]. »

Militairement, la révolte était vouée à l'échec. Tuer des soldats allemands, retenir loin du front quelques milliers d'hommes pendant quelques semaines, ne pouvait avoir aucune influence directe sur le cours des opérations. Aucune espérance non plus de voir la résistance polonaise profiter des combats du ghetto pour lancer une opération d'envergure contre les occupants. À l'exception des communistes à l'égard de leurs camarades juifs, les Polonais étaient, pour la plupart, indifférents aux Juifs qui mouraient dans le ghetto. Sans doute se réjouissaient-ils de voir les soldats allemands tenus en échec par une poignée de Juifs épuisés. Mais l'heure de l'insurrection de Varsovie n'était pas arrivée. Et même pendant le soulèvement, les SS continuaient d'acheminer vers Treblinka les Juifs qu'ils n'abattaient pas sur place. Témoin des grandes déportations de l'été 1942, Marek Edelman dit justement qu'il ne fallait pas moins de courage à l'adolescente sauvée d'une rafle qui courait à l'*Umschlagplatz* rejoindre sa mère malade et l'accompagner à Treblinka, qu'au jeune Haloutsim[2] qui tirait ses dernières cartouches sur les SS avant d'être abattu. Les deux se rejoignaient dans le même héroïsme, puisque tous deux avaient choisi leur destin.

---

1. « En prison, le général Stroop commente "sa victoire" », in *Le Monde juif, Revue d'Histoire de la Shoah*, n° 147-148, p. 274.
2. Pionnier.

*
* *

Plus d'un demi-siècle s'est écoulé. Du ghetto de Varsovie rien ne subsiste, hormis les souvenirs de quelques survivants et les écrits des contemporains. Pour qui a écouté ces voix d'outre-tombe, il est impossible de les oublier. Parfois, dans mon bureau, mon regard se pose sur ces fragments de brique rouge qui ont enserré tant de misère humaine. Je pense à ces cortèges d'ombres allant à l'*Umschlagplatz*. À ceux qui vécurent et moururent au ghetto. Aux martyrs, aux héros, aux salauds aussi, de cette cité engloutie. À force de rêver à eux, ils ont pris place dans ma mémoire imaginaire. Comment ont-ils vécu ? Comment sont-ils morts ? Leurs voix chuchotent leurs ultimes paroles. Écoutons-les, nous qui vivons encore !

Paris, septembre 2004.

PERSONNAGES

LE RABBIN, 45 ans, talmudiste
SAMUEL dit SCHMIELE, 40 ans, ouvrier tailleur, bundiste
JOSEPH dit JO, 30 ans, policier juif
RIVKA, 20 ans, étudiante, sioniste

L'action se passe en mai 1943 dans le ghetto de Varsovie, au dernier jour de l'insurrection.

Scène 1

Un grand atelier sous le toit. Tout est dévasté. Quelques machines à coudre dans le coin, à gauche. Deux fenêtres. L'une est murée par des briques dont certaines font défaut, laissant filtrer la lumière du jour. L'autre, carreaux brisés, est obstruée par un matelas déchiré d'où émerge du crin. Sur le côté droit, une sorte d'alcôve avec un lit défoncé. Un homme, tout habillé, est allongé sur le lit. Au milieu de la scène, une table et une chaise. Un fauteuil en velours déchiré est placé non loin de la table, un peu en retrait. Un livre relié, usé, est posé sur la table, à côté d'une bougie éteinte. Une musette en grosse toile gît à terre, appuyée à un montant de la table.

L'atelier est à peine éclairé par une lucarne. Quelques filets de lumière passent à travers les interstices de la fenêtre murée et sur les bords du matelas, du côté de l'autre fenêtre. Près de celle-ci, debout, la calotte sur la tête, le talith[1] *sur les épaules, la face tournée vers le mur, un homme barbu, vêtu en rabbin, psalmodie ses prières en se balançant.*

1. Châle de prières, en yiddish.

SCHMIELE *(assis dans le fauteuil, observant le rabbin)* — Avec toi, rebbe, c'est commode, pas besoin d'avoir une montre, on sait l'heure qu'il est. *(Il se lève et s'étire.)* Ce qu'il peut faire froid ! Pourtant, c'est déjà le printemps. Enfin, de l'autre côté, parce qu'ici... *(Il s'approche de la fenêtre, soulève un peu le matelas.)* Le jour se lève. Eux, ils vont reprendre leur travail. Ça ne devrait pas être difficile. Nous ne sommes plus nombreux à présent. Encore un effort et ils pourront annoncer leur grande victoire. À défaut de Moscou ou de Stalingrad, ils auront pris le ghetto de Varsovie. Vive la Wehrmacht, vive les SS ! Quel triomphe pour la plus grande armée du monde ! *(Changeant de ton.)* Je donnerais tout pour un verre de thé. Ce serait facile d'ailleurs, je n'ai plus rien.

LE RABBIN *(faisant une ultime inclinaison, on entend distinctement* Omein[1]. *Il enlève son talith, baise les franges, le plie et se tourne vers Schmiele)* — Du thé, il n'y en a plus depuis longtemps. Mais il doit rester un peu d'eau. *(Il traverse la pièce et, d'un tas de hardes, extrait une bouteille qu'il tend à Schmiele.)* Tiens, bois.

SCHMIELE *(après avoir bu quelques gorgées, lui montrant la bouteille)* — Et toi ?

LE RABBIN — Merci. Quand on vient d'où tu viens, on a plus besoin de boire que moi.

1. Amen, en hébreu.

Schmiele boit à nouveau à grands traits, repose la bouteille sur la table. Il regagne le fauteuil. Le rabbin s'assied sur la chaise, devant la table. Il ouvre le livre, ses lèvres remuent.

SCHMIELE — Comment fais-tu pour lire ? On y voit à peine.

LE RABBIN — Je lis par cœur. Et toucher le livre me fait du bien. Mon maître, le grand rabbin Haim Eppelbaum me l'a remis quand les autres l'ont emmené. Il m'a dit : « Garde-le en souvenir de moi. Là où je vais, je n'ai plus besoin de livres. La prière suffira. » Alors, je l'ai pris. Et Rebbe Eppelbaum est parti avec eux.

SCHMIELE — Et toi, pourquoi ils ne t'ont pas emmené ?

LE RABBIN — Je ne sais pas. Je leur ai dit que je voulais suivre Rebbe Eppelbaum, Dieu ait son âme. Leur chef, un Ukrainien, a ricané : « C'est ton jour de chance. On ne prend que ceux qui sont trop vieux pour travailler. Mais prends patience, demain ce sera ton tour. Si tu y tiens, on peut faire une exception tout de suite. » Alors, le grand-rabbin Eppelbaum m'a regardé et m'a dit : « N'oublie pas ce que je t'ai enseigné. Dieu veut la vie. Pas la mort. Il faut veiller sur la vie, “Pikouah Néphèche” », et il est parti avec eux vers l'*Umschlagplatz*. L'Ukrainien, en passant, m'a donné un coup de matraque sur la tête. Je suis tombé. Quand je suis revenu à moi, j'étais seul, on n'entendait plus un bruit, pas une voix. Je me suis relevé doucement. J'ai ramassé le livre. J'ai posé mes lèvres sur le cuir, comme si j'embrassais mon maître une dernière fois. Je l'ai glissé dans ma poche. Et je suis parti à mon tour.

SCHMIELE — Tu as eu de la chance, Rebbe. Ils auraient pu t'emmener aussi à l'*Umschlagplatz*, même si tu n'étais pas prévu au programme ce jour-là. Ils auraient pu te garder en réserve pour le convoi du lendemain, ou bien te mettre à la place d'un autre qui leur aurait donné de l'argent pour qu'ils le laissent partir. Tu serais mort pour lui, voilà tout. Et comment as-tu fait ensuite pour leur échapper ? Dieu t'a envoyé un ange pour te guider jusqu'ici ? Tant qu'à faire, il aurait pu te faire franchir le mur, ç'aurait été plus sûr !

LE RABBIN — Mon heure n'était pas venue. Mon maître m'avait dit que, s'il lui arrivait quelque chose, je devais aller au 34 de la rue Ladko. Et là, je trouverais des hassids[1] comme nous, pour continuer à étudier la Loi aussi longtemps que Dieu le voudrait. C'est ce que j'ai fait. J'ai trouvé rue Ladko une femme qui, dès qu'elle m'a vu, s'est approchée de moi et m'a murmuré : « Rebbe, ne restez pas ici. Je vais vous emmener tout de suite chez Rebbe Eliezer. » C'était bien le nom que m'avait donné mon maître. Je l'ai suivie. La nuit était arrivée. Nous avons franchi un portail, traversé une cour, puis une autre. Nous sommes descendus dans une cave. Là, elle a allumé

1. Juif pieux, en yiddish.

une bougie, gratté une porte. Un hassid grand et fort a ouvert. La femme lui a parlé à voix basse, très vite. Il m'a dit : « Entre, puisque Dieu t'a conduit jusqu'ici. » Il y avait beaucoup de Juifs, assis en silence. Quelques hassids aussi priaient. Le plus âgé s'est tourné vers moi. Il m'a dit : « Alors, ils ont pris Rebbe Eppelbaum ? » J'ai hoché la tête. J'ai compris que c'était Rebbe Eliezer, le grand rabbin de Wilno. Mon maître lui avait demandé de m'accueillir si Dieu me menait jusqu'à lui. Il a seulement ajouté : « Prends place parmi nous. » Il a recommencé à prier. Et moi, j'ai fait comme lui.

SCHMIELE — Très belle, ton histoire ! J'ai connu des rabbins moins généreux dans le ghetto. Et vous viviez de quoi, de citations du Talmud ?

LE RABBIN — Au début, c'étaient des femmes qui nous apportaient un peu de pain et de la soupe. Puis elles ont cessé de venir. Trop de risques, disaient-elles, avec la police qui traîne partout. Alors nous attendions la nuit. Quelques-uns, parmi les plus jeunes, sortaient. Ils allaient chercher de la nourriture dans des ateliers, rue Smocza ou rue Niska. Le problème, c'était la « cashrout ». Certains hassids refusaient de manger ce qui était préparé dehors. Jusqu'à ce que Rebbe Eliezer leur rappelle ce qui est dit dans la Loi s'agissant de sauver la vie des malades. Il ajoutait : « Jadis, les ennemis des Juifs voulaient leur conversion. Et les Juifs sacrifiaient leur vie pour sauver leur âme. Aujourd'hui, nos ennemis, les pires de toute notre histoire, veulent notre mort, et tout Juif a le devoir devant Dieu de sauver sa vie. » Et il rappelait que ceux qui se privaient pour nous faisaient une grande mitzvah[1]. Les jours et les nuits passaient ainsi, à prier et à étudier, tantôt la Gemara, tantôt la Mischna. Un soir, on frappa à la porte de la cave le signal convenu. Un homme est entré. Nous avions été dénoncés, un policier juif lui avait dit qu'à l'aube on viendrait nous arrêter, qu'il fallait partir tout de suite. Rebbe Eliezer lui demanda où nous irions, qui nous cacherait. Il répondit que, pour la nuit et le lendemain, son groupe – c'est le terme qu'il utilisa – nous garderait dans un entrepôt, dans l'usine de brosserie, chez Toebbens, et qu'après on verrait. Alors nous avons ramassé nos affaires, Rebbe Eliezer a dit le Kaddisch, et nous sommes partis, les uns derrière les autres, en suivant notre guide. Mais au coin de la rue Gesia, des gendarmes étaient postés.

SCHMIELE — C'étaient des Allemands ou des Ukrainiens ?

LE RABBIN — Des Allemands. Ils ont crié, puis aussitôt, ils ont tiré. Beaucoup sont tombés. Moi, je me suis enfui avec deux autres. Nous ne savions plus quoi faire. Rebbe Eliezer était mort. Notre guide avait disparu. On ne pouvait pas retourner à la cave. Où aller ? Heureusement, l'un des nôtres s'est souvenu que, tout près, il y avait un atelier où il allait chercher de la nourriture la nuit. Il nous a conduits là. Les gens de l'atelier étaient terrorisés. Ils avaient entendu les coups de feu, les cris des SS. Ils nous ont cachés pendant toute la journée au fond d'une réserve, sous des chiffons. Et la nuit venue, le chef de l'atelier,

1. Bonne action, en yiddish.

un grand type costaud, nous a dit en polonais qu'il avait trouvé pour nous des places dans un atelier de fourrure qui travaillait pour les Allemands. Il avait les papiers, les sauf-conduits de trois Juifs morts du typhus. C'est comme ça que je suis venu ici. La fourrure, pour moi, c'était facile. Mon père était dans le métier. Quand j'étais petit, il m'asseyait près de lui et il me disait : « Regarde, Yankele, comment je coupe les peaux. Étudier la Loi, c'est bien, mais un bon métier, ça peut servir aussi. On ne sait jamais de quoi demain sera fait pour un Juif. »

SCHMIELE — Il voyait loin, ton père ! Ta famille est d'où ?

LE RABBIN — De Belhatov, un *shtetel* au sud de Lodz. Un coin tranquille. Il y avait plus de Juifs que de *goys*. Cela nous assurait la paix. J'avais quatre frères et une sœur. La vie était dure. Ma mère, quand venait le vendredi soir, allumait le chandelier pour la prière du Shabbat et remerciait Dieu de nous avoir donné du pain pour la semaine. Mon père était très pieux. À cinq ans, il m'a mené chez le rabbin Geiser, un vieux hassid, pour qu'il m'apprenne, avec les autres garçons, dans le héder[1], les prières et la lecture de la Loi. Rebbe Geiser était sévère et les coups pleuvaient sur nos dos. Mais c'était un homme juste. Comme j'aimais l'étude, Rebbe Geiser a parlé à mon père. Et, après ma Bar Mitzvah, il m'a mené à Lodz, dans la Yeshiva où enseignait le grand-rabbin Eppelbaum, mon maître. Je suis resté à Lodz, auprès

1. École primaire religieuse.

de lui, jusqu'à la guerre. Quand les Allemands sont arrivés, mon maître est parti avec certains d'entre nous à Varsovie. Tu connais la suite…

SCHMIELE — Tu ne t'es pas marié ?

LE RABBIN — Le moment était venu quand la guerre est arrivée. Celle qui m'était promise est restée à Lodz, dans sa famille. À quoi bon en parler ? Douceur d'hier, douleur d'aujourd'hui ! *(Silence.)*

SCHMIELE — Tu m'as dit qu'on t'avait placé dans un atelier de fourrure avec les papiers d'un mort. Comment es-tu arrivé jusqu'ici ?

LE RABBIN — Quand les Allemands ont incendié les maisons, quatre jours après le soulèvement du ghetto, le feu a gagné la rue. De l'atelier, on voyait les flammes. Le chef de l'atelier nous a dit qu'il fallait partir. Le seul chemin qui nous restait, c'étaient les égouts. On est descendu avec lui. On a marché longtemps dans le noir. Je tenais la veste de celui qui marchait devant moi et je sentais la main d'un autre derrière moi, accrochée à mon manteau. On avait de la boue, des ordures jusqu'aux genoux. Ça puait la pourriture à suffoquer. De temps en temps, on faisait une pause. Finalement, on est arrivé à une sorte de plateforme, un sol pavé. On s'est compté. Beaucoup étaient restés en route. Puis il y a eu un bruit métallique au-dessus de nous, et de l'air frais s'est engouffré. J'ai levé les yeux. J'ai vu des visages et le ciel avec des étoiles. C'étaient des jeunes gens. Ils nous attendaient là depuis longtemps. L'un d'eux est descendu par l'escalier de fer, jusqu'à nous. Il a dit à notre chef qu'il fallait le suivre, qu'il nous guiderait jusqu'à une cache. On est repartis. Il avait allumé une bougie et nous avancions plus vite. Enfin, on est arrivés à une grande cave voûtée. Il y avait là des Juifs de tous âges. Ils nous ont donné un peu à manger. Je me suis endormi. Je n'en pouvais plus. Le lendemain, un petit jeune nous a conduits jusqu'à ce grenier. Au début, on était quatre ici. Puis deux sont partis. Ils voulaient tenter leur chance et passer de l'autre côté, par les égouts.

SCHMIELE *(désignant l'alcôve)* — Et lui ?

LE RABBIN — Il était dans la grande cave, en bas. Il est venu avec nous quand on a quitté la cave. Il disait qu'il devenait fou dans le noir, qu'il ne voulait pas crever comme un rat. C'est un drôle de type. Il a des cartes sur lui, il fait des tours, il dit que ça lui passe le temps.

SCHMIELE — Il a de belles bottes, en tout cas. Tu sais d'où il vient, ce qu'il faisait ?

LE RABBIN — C'est un Varsovien, je crois, un type de la ville, un affairiste probablement. Il est toujours à s'agiter, à tourner en rond. Et toi, qui es-tu, d'où viens-tu ?

SCHMIELE — De la rue Mila. On m'appelle Schmiele depuis l'enfance. Ma mère préférait Schmiele à Samuel, mon prénom. J'étais au bunker avec Anielewicz et les autres de l'Organisation juive de combat. J'ai eu de la chance. Il y a deux jours, je suis parti avec deux copains pour prendre contact avec les nôtres, de l'autre côté du mur. On a rencontré une patrouille allemande. Il y a eu un accrochage. J'ai vu deux Allemands tomber. Un de mes amis, un pionnier, a été tué. L'autre et moi, on a pu filer. Les Allemands avaient installé des mitrailleuses, ça tirait de partout. On a rampé jusqu'à l'entrée d'une cour. Un pan de mur brûlait encore. Il y avait beaucoup de fumée. On en a profité et on a gagné un autre bunker, rue des Franciscains. C'était plein de garçons et de filles, tous jeunes, des sionistes de gauche et aussi des bundistes. Comme on était sans nouvelles de l'OJC, les uns voulaient qu'on tente de passer de l'autre côté du mur, les autres qu'on s'enferme dans le bunker pour résister jusqu'à la mort, quelques-uns souhaitaient qu'on gagne la rue et qu'on se jette sur les Allemands pour en tuer le plus possible avant de mourir. Finalement, on a décidé d'attendre le soir et d'envoyer des émissaires dans la rue Mila, pour savoir ce qu'Anielewicz et les siens voulaient faire. Je suis parti avec Marek Edelman et une grande fille, une pionnière, pour gagner la rue Mila. On ne trouvait plus l'entrée du bunker. Tout était bouleversé, chamboulé. Plus de gardes planqués, plus de signe de vie. On a gagné une cour, à côté du bunker. Là, il y avait deux des nôtres à terre, appuyés contre un mur, couverts de sang et de boue. Ils nous ont raconté ce qui était arrivé : vers midi, les Allemands sont arrivés en masse, ils ont encerclé le bunker. Les haut-parleurs ont hurlé : « Tous les Juifs dehors, les mains levées, ou la mort pour tous. » Ceux qui n'avaient pas d'arme sont sortis, les mains en l'air. Les autres, ceux des groupes de combat, ont pris position. Prendre le bunker d'assaut aurait coûté cher aux Allemands. Alors ils ont jeté des grenades de gaz asphyxiant dans toutes les issues. Et ils ont attendu. À l'intérieur du bunker, les nôtres ont commencé à suffoquer. Pour ne pas tomber vivants dans les mains des Allemands, beaucoup se sont suicidés. Anielewicz a tué sa copine Mira avant de se tirer une balle dans la tête. C'était comme si le bunker était devenu Massada. Ils voulaient mourir dignement, de leur propre volonté, ne pas être torturés ou abattus comme des chiens par les Allemands. Quelques-uns ont réussi à s'échapper. Parmi eux, il y avait ces deux Juifs qui nous ont raconté la fin de la rue Mila. Nous n'avions presque plus d'armes, ni de munitions. Alors on a décidé de partir avec eux par les égouts. Et j'ai fini par arriver dans la cave que tu connais. Et puis, moi aussi, j'ai voulu revoir le jour, pas crever comme un rat. C'est pour ça que je suis monté jusqu'ici. Question de lumière, c'est pas terrible. Mais il y a de l'air, c'est déjà ça.

LE RABBIN — Et avant, qu'est-ce que tu faisais ?

SCHMIELE — Avant quoi ? Avant le soulèvement ? Avant le ghetto ? Avant la guerre ? « Avant », ça ne veut plus rien dire. « Après » non plus. Pour moi, tout s'arrête ici.

LE RABBIN — Pourquoi ? Tu pourrais faire comme ceux qui sont partis hier, tenter de passer de l'autre côté du mur ?

SCHMIELE — Et toi, pourquoi tu restes là ? Qu'est-ce que tu espères ?

LE RABBIN — Ici ou ailleurs, pour moi, ça ne change rien. « L'Éternel a donné, l'Éternel a repris. » Que je vive ou que je meure, quelle importance !

SCHMIELE — Pour toi, peut-être. Mais, pense à tes parents, à ta mère...

LE RABBIN — J'ai appris, par un Juif de Lodz, que les autres avaient forcé tous les Juifs des villages proches à se rendre au ghetto. Il m'a dit qu'il avait préféré, lui, tenter sa chance à Varsovie, parce que c'était pire encore à Lodz, avec ce fou de Rumkovsky, le chef du ghetto qui se prend pour le roi des Juifs.

SCHMIELE — Oui, on m'a raconté des histoires sur lui et comment le journal du ghetto chantait tous les jours sa gloire, et sa police personnelle, une vraie Gestapo juive, et tout l'argent qu'il extorque aux Juifs, soi-disant pour acheter la bienveillance des Allemands. Quelle bienveillance ? Celle de crever un peu plus tard ! *(Changeant de ton.)* Et alors, tes parents, tu as eu de leurs nouvelles ?

LE RABBIN — Jamais.

SCHMIELE — Ça ne veut pas dire qu'ils sont morts, au temps où nous sommes.

LE RABBIN — C'est vrai. Ça ne veut pas dire non plus qu'ils sont vivants. Je prie tous les jours pour eux.

SCHMIELE — Tu as raison. Ça ne peut pas leur faire de mal. Et toi, ça te fait sûrement du bien.

LE RABBIN — Et les tiens ? Tu as une femme, des enfants ? Où sont-ils ?

SCHMIELE — Tais-toi ! Ça ne te regarde pas, ni toi, ni personne. Ça ne concerne que moi. Tout ce que je souhaite, c'est d'en tuer encore un ou deux, des autres, il n'y a que ça qui compte encore pour moi.

LE RABBIN — Pardonne-moi, frère, je ne voulais pas te blesser. Que l'Éternel te donne au moins la paix.

À ce moment, on entend un grand bruit, comme un coup de canon, puis un tir de mitrailleuse.

SCHMIELE — La voilà, ta paix !

Scène 2

Dans l'alcôve, l'homme allongé sur le lit défoncé se dresse. Il porte des bottes jaunes, une culotte de cheval, un veston cintré déchiré, le col relevé sur une grosse écharpe.

JO — Nom de Dieu, ça recommence. *(Au rabbin.)* Excuse-moi, mon vieux, ça m'a échappé. Pour une fois que je dormais bien ! *(La mitrailleuse tire à nouveau.*

Puis le silence revient. Avisant Schmiele.) Tiens, on a de la visite ! *(Au rabbin.)* Et les deux autres, ils sont partis ?

LE RABBIN — Oui, ils voulaient tenter leur chance par les égouts, ils disaient qu'ils connaissaient des Polonais de l'autre côté qui les cacheraient.

JO — Tu parles ! Des promesses comme ça, il y en a plein les cimetières. *(Se tournant vers Schmiele.)* Et toi, qu'est-ce que tu viens faire ici ?

SCHMIELE — La même chose que toi : crever.

JO *(au rabbin)* — Il est pas gai ton copain ! *(À Schmiele.)* Si ça te chante, mon vieux, c'est ton affaire. Mais, moi, c'est pas mon plan. J'ai d'autres intentions.

SCHMIELE *(ironique)* — Il va te pousser des ailes ? L'ange Gabriel va te déposer, bien au chaud, dans une belle maison polonaise, devant une bonne soupe ?

JO — Arrête ! Tu me donnes encore plus faim. *(Au rabbin.)* Dis donc, il te resterait pas un bout de hareng ou un peu de pain, n'importe quoi ? J'ai l'impression de n'avoir pas mangé depuis des jours.

SCHMIELE — Seulement ? Et alors, avant le soulèvement du ghetto, tu faisais bombance ? Ou tu étais peut-être ailleurs ?

JO — Si, j'étais là, mais je me débrouillais toujours pour manger.

SCHMIELE — Tiens, explique-moi ça ! En tout cas, ce n'était pas dans les ateliers, chez Schultz ou chez Toebbens, où on crevait de faim. Alors comment faisais-tu ?

JO — Je te l'ai dit. Je me débrouillais, voilà tout. Quelle importance, à présent ? On ne se nourrit pas du passé.

SCHMIELE — Si, d'une certaine façon. Et puis, j'aime savoir comment faisaient les malins dans le ghetto. Ça pourra peut-être me servir un jour.

JO — Tiens, je croyais que tu voulais mourir ici. Tu as changé d'avis ?

SCHMIELE — Tu verras bien ! Dis-nous plutôt ce que tu faisais avant. Ça m'empêchera d'avoir de mauvaises pensées.

JO — Qu'est-ce que tu veux dire ? C'est des menaces ou quoi ?

SCHMIELE — Tu sais très bien de quoi je parle. Il n'y avait que deux catégories de gens qui mangeaient à leur faim dans le ghetto : les officiels du Conseil juif et les trafiquants. Alors, toi, à quel râtelier tu te nourrissais ?

JO — Tu vas me ficher la paix ? Tu te prends pour qui ici ? Tu es devenu le chef de l'Organisation juive de combat pour m'interroger ? Est-ce que je te demande qui tu es, toi ? Pauvre minable, va !

SCHMIELE *(l'empoignant)* — Tu vas me répondre, et tout de suite !

LE RABBIN *(d'une voix calme, à Schmiele)* — Laisse-le. Regarde où nous sommes. C'est un Juif, voilà tout. *(S'adressant à Jo.)* Et toi, ne le provoque pas. Tu vois bien que c'est un combattant et qu'il est à bout. Réponds-lui. Nous sommes tous sous le regard de l'Éternel. Tu n'as rien à craindre à dire la vérité.

SCHMIELE — J'en suis moins sûr que toi, Rebbe. *(Toujours menaçant, à Jo.)* Alors, tu te décides ? Je veux savoir qui tu es.

JO — Ça va, j'en ai marre de tes histoires. Je faisais un peu de contrebande, voilà tout. Je faisais entrer des marchandises dans le ghetto, de la nourriture, de la pharmacie, de tout. Et puis je sortais du ghetto ce qu'on pouvait vendre de l'autre côté, des bijoux, de l'or surtout. J'avais des associés au-dehors, des Polonais. Les affaires marchaient bien. Évidemment, il fallait graisser les pattes. Celles des gendarmes ukrainiens et des policiers polonais, à l'entrée du ghetto. Et puis, à l'intérieur, celles des policiers juifs pour qu'ils regardent ailleurs. Je ne te dis pas le nombre de gens que j'arrosais. Enfin, ça laissait quand même de quoi vivre…

SCHMIELE — Vivre ? Tu veux dire faire la noce dans les boîtes de nuit, t'empiffrer au restaurant Casanova, avec des additions de mille zlotys, quand les ouvriers étaient payés vingt zlotys par jour ? Et encore, le patron nous retenait les taxes !

JO — Et alors ? J'aurais dû crever de faim comme toi, comme les imbéciles de ton espèce ? Pas question. Et puis, réfléchis. Toi, pour sauver ta peau, dans ton atelier pourri, tu travaillais pour qui ? Pour eux, pour les Allemands. Les uniformes que tu coupais, les pelisses que tu réparais, c'était pour qu'ils aient chaud l'hiver, pour qu'ils ne gèlent pas sur le front russe ! Tu servais l'armée allemande à ta façon. Tandis que moi, c'était bien pour des Juifs que je travaillais. J'y trouvais mon profit, d'accord, mais eux aussi. Sans nous, les contrebandiers, combien seraient morts faute de médicaments ? Moi, c'était ma spécialité. J'avais un copain, un médecin polonais. J'arrosais les policiers polonais et même un feldgendarme allemand pour qu'ils ferment les yeux quand il passait avec sa serviette bourrée. « Bonjour, cher docteur », ils lui disaient, en le saluant. À se tordre ! Après, je n'avais plus qu'à récupérer la marchandise, aligner les dollars, et en route pour le dispensaire. Si j'avais été pris ou balancé, tu sais ce qui m'attendait ? J'étais pas planqué derrière ma machine à coudre, moi, en attendant que les Russes ou les Américains arrivent. Je risquais ma peau tous les jours. Alors, le soir, j'avais bien gagné le droit de manger et de boire un peu de vodka, et même beaucoup, et de danser, et de baiser, parce qu'on ne savait pas de quoi demain serait fait, ni même s'il y aurait un lendemain. *(On entend une nouvelle rafale de mitrailleuse. Jo s'arrête un instant.)* Et puis, merde, je ne sais même pas pourquoi je te raconte tout ça…

SCHMIELE — Les types comme toi, ils m'ont toujours dégoûté. Ce n'était pas pour sauver des malades ou des enfants que tu faisais ton trafic. Tu t'en fichais bien, pourvu que tu gagnes du fric sur leur malheur. Les enfants, dans la rue, qui demandaient une pièce d'une petite voix, tu t'en foutais, quand tu passais dans ton cyclo-car, avec un type derrière toi qui pédalait, un vrai fantôme, auquel tu donnais un bon pourboire pour qu'il te remercie, toi et ton sale fric. Jusqu'au bout, vous m'aurez dégoûtés, toi et les Juifs de ton espèce !

LE RABBIN — Calme-toi, Schmiele. Tu es fou de crier ainsi ! On doit t'entendre jusque dans la rue. Et toi aussi, tais-toi ! L'orgueil du vice est pire que le vice lui-même. Tu devrais avoir honte et demander pardon à l'Éternel, au lieu de te vanter ainsi. Et puis, assez de disputes. Pourquoi faut-il que même dans le ghetto, dès qu'il y a trois Juifs ensemble, les voilà qui s'empoignent, sionistes contre bundistes, communistes contre Betar, assimilés contre orthodoxes ?

JO — Ça va, ça va, rabbin. On discute, voilà tout. C'est notre sport national, pas vrai ? Et si on s'énerve, ça réchauffe un peu. Et puis, ça permet d'oublier la faim. À l'école, on disait que les paroles du rabbin nourrissent l'âme. C'est peut-être vrai. Mais, question corps, zéro. Mon estomac hurle comme un loup. Tu es sûr qu'il ne reste rien, pas même une pomme de terre ?

LE RABBIN — Cherche toi-même, tu verras bien.

JO *(allant au fond de l'atelier, ouvrant un placard, le refermant, en ouvrant un autre, se penchant, plongeant le bras et se redressant, brandissant un cahier)* — Tiens, regarde ce qu'ils ont laissé ici. *(Il ouvre le cahier et le feuillette.)* Encore un journal ! C'est fou ce que les gens du ghetto peuvent écrire sur ce qui se passe, comme si c'était important de savoir comment on crève ici. C'est écrit en yiddish, très serré. Je ne peux pas le lire. Tiens, Rebbe, tu y arriveras mieux que moi. *(Il lui tend le journal.)*

LE RABBIN *(prenant le cahier, il se penche sur les pages)* — C'est vrai que c'est écrit en tout petits caractères. Celui qui tenait ce journal devait ménager le papier.

JO — Qu'est-ce qu'il raconte ?

LE RABBIN — Rien d'original. Une chronique de la vie au ghetto. Vous connaissez tout cela.

SCHMIELE — Lis quand même. Une chose est de vivre, une autre est de raconter.

LE RABBIN — Si tu veux. Tiens, c'est daté de novembre 1941 : « Les premiers froids sont déjà là et la population frissonne. Le spectacle le plus terrible est celui des enfants gelés. Enfants aux pieds nus, aux genoux nus, en haillons, pleurant dans les rues. Aujourd'hui, j'ai entendu sangloter de froid un petit de 3-4 ans. Demain matin, l'enfant sera probablement mort de froid. Cela devient un phénomène banal. Les cris des enfants sont un bruit de fond permanent au ghetto… » *(Le rabbin repose le cahier sur la table. Schmiele le prend à son tour. Il tourne les pages.)*

SCHMIELE *(s'adressant à Jo)* — Tiens, voilà pour toi : « Janvier 1942. Une boîte de nuit a été ouverte dans la cave de l'hôtel Britannia, 18 rue Nowolipkie. Elle est ouverte jusqu'à sept heures du matin. Elle sert de bordel, paraît-il. On y fait la noce à grande échelle. La première nuit, la recette fut de 10 000 zlotys, la deuxième, de 20 000 zlotys. Les additions s'y montent à 500 zlotys et davantage. » *(Se tournant vers Jo.)* Ça doit te rappeler de bons souvenirs, hein ?

JO *(haussant les épaules et continuant à fouiller dans le fond de l'atelier)* — Tu ferais mieux de faire comme moi et de chercher quelque chose à manger.

SCHMIELE — Tu manques d'entraînement. On voit que tu n'as pas l'habitude de jeûner. Écoute ça : « La famine croît. Près de chaque maison, près de chaque portail, on aperçoit des hommes, des femmes et des enfants, étendus à terre et quémandant des secours… » Tu veux que je continue ?

JO — Inutile, je connais la suite. Et c'est pas la peine de pleurer sur le passé.

SCHMIELE — Parce que tu crois que tu as encore un avenir ?

JO — Toi, peut-être pas. Mais moi, je ne veux pas crever ici. Je vais attendre la nuit. Je connais un passage secret du côté du cimetière, par la rue. Et une fois de l'autre côté, je connais du monde, je me débrouillerai.

SCHMIELE — Ça, j'en suis sûr. Des canailles, il y en a partout. Mais il y a un petit problème que tu oublies.

JO — C'est quoi ?

Au moment où Schmiele va répondre, on entend des explosions d'obus, des rafales de mitrailleuses et le fracas des chenilles de tanks sur le pavé. Les trois hommes se figent. Une voix hurle dans le haut-parleur : « Juifs, vous êtes cernés. Rendez-vous ! Ceux qui sortiront les mains en l'air auront la vie sauve. Les autres seront fusillés sur place. »

SCHMIELE — Tu as la réponse.

Le silence se rétablit au-dehors.

JO *(allant à la fenêtre bouchée par le matelas et se penchant sur l'interstice)* — Il n'y a personne devant la maison. *(Il veut déplacer le matelas.)*

SCHMIELE *(se précipitant et lui prenant brutalement le bras)* — Tu es fou. Tu as entendu le bruit ?

Il y a sûrement un tank posté au carrefour. Et eux, derrière, qui guettent. Tu veux qu'ils tirent un obus dans la fenêtre ? Va t'asseoir.

Tous deux retournent à leurs sièges.

JO — Et toi, le rabbin, qu'est-ce que tu comptes faire ? Dire la prière des morts en attendant gentiment la tienne ?

LE RABBIN — Ici ou ailleurs, aujourd'hui ou demain, quelle importance ? Tous les jours que Dieu nous donne sont bons pour naître et tous les jours sont bons pour mourir.

JO *(haussant les épaules)* — Et toi, le grand combattant, tu as un plan pour sortir d'ici ?

SCHMIELE — Pour quoi faire ? Voilà trois semaines qu'on se bat. Trois semaines que nous, des Juifs affamés avec des revolvers et des grenades, on les tient en échec, eux, avec leurs mitrailleuses, leurs tanks et leurs canons. Tout ce qui comptait, c'était de résister le plus longtemps possible, et d'en tuer le plus possible, pour qu'ils apprennent, les Allemands, les Polonais et le monde entier, que les Juifs aussi peuvent se battre, pourvu qu'ils aient des armes dans leurs poings nus. Chaque jour de combat est une victoire, chaque Allemand mort, une revanche. Les sionistes disent qu'on meurt pour l'avenir d'Eretz Israël, les bundistes, pour la dignité du peuple juif, les communistes, pour la révolution prolétarienne. Moi, je veux seulement mourir comme un homme, pas comme un chien qu'on abat, pas comme un mouton qu'on mène à l'abattoir. Mourir debout, comme un homme !

JO — Et avec quoi tu vas continuer à te battre ? Avec ça ? *(Il désigne la bouteille vide posée sur la table.)*

SCHMIELE — Je préfère ça. *(Il sort de la musette un pistolet.)*

JO *(admiratif)* — Bravo. Un Mauser ! Tu l'as pris à un Allemand ?

SCHMIELE — Tu crois que je l'ai acheté ?

JO *(tendant la main vers le pistolet)* — Belle arme ! Tu permets que je la regarde ? J'ai toujours aimé les armes.

SCHMIELE *(repoussant la main de Jo)* — Touche pas ! C'est pas pour toi. *(Il remet le pistolet dans la musette.)*

JO — Vends-le moi. Ton prix est le mien. En dollars ou en zlotys.

SCHMIELE — Et j'en ferai quoi de ton argent, ici ? Je le donnerai aux Allemands pour qu'ils ne me fusillent pas ? Tu n'as qu'à leur proposer, tout à l'heure. Tu verras comme ils vont faire du *business* avec toi !

JO — Tu as tort. L'argent, tu en auras besoin si tu réussis à passer de l'autre côté. Sans argent, pas de papiers, pas d'abri. L'argent, c'est la vie aujourd'hui.

SCHMIELE — Pour toi peut-être. Mais moi, je ne suis pas ici pour vivre, mais pour tuer. Et pour ça, j'ai besoin de mon pistolet, pas de tes dollars.

JO — Réfléchis un peu. On peut s'arranger tous les deux. Tu descends avec moi, dans la cave et, de là, tu connais sûrement le chemin par les égouts pour gagner le cimetière. Après, je me débrouille. Et quand on sera de l'autre côté, je te donnerai la moitié de ce qui me reste.

SCHMIELE — Tu me prends pour un passeur ? Tente ta chance. Pour ce que j'ai à faire, je suis bien ici avec le rabbin.

JO — Tu veux vraiment rester ici à attendre qu'ils viennent t'abattre ou mettent le feu à l'immeuble ? Tu les as entendus ?

SCHMIELE — Rien ne t'empêche, toi, de descendre et de sortir les mains en l'air, à leur rencontre. Ils te laisseront peut-être en vie jusqu'à Treblinka.

JO — Mais je ne peux pas m'en aller seul, comme ça, sans arme, dans les égouts ! Je n'aurais pas l'ombre d'une chance. Viens avec moi, je te donnerai tout ce que j'ai, je t'aiderai, tu verras, j'ai des amis bien placés de l'autre côté.

SCHMIELE *(l'interrompant brutalement)* — Tais-toi ! On vient.

Les trois hommes sont debout. On entend un faible bruit qui vient de la trappe, de petits coups sourds. Schmiele fait signe à Jo de se placer derrière la trappe. Il se penche vers la table, retire le pistolet de la musette. Des coups sont frappés à nouveau, sur un rythme particulier.

SCHMIELE — C'est le signal. *(Il se baisse et retire la pièce de bois qui verrouille la trappe. Puis il recule, le pistolet pointé vers la trappe.)* Tu peux venir.

Lentement, la trappe se soulève. On voit d'abord une casquette, puis émergent du trou le visage et la chevelure d'une jeune fille, puis des épaules vêtues d'une veste d'homme.

SCHMIELE — Tu es seule ?

La jeune fille fait signe que oui.

SCHMIELE *(s'adressant à Jo)* — Aide-la.

Jo tend la main, et la jeune fille se hisse hors de la trappe. Ils la dévisagent. Silence.

Scène 3

SCHMIELE *(à la jeune fille)* — Tu viens d'où ?

RIVKA — De la rue Nalewski, du bunker de Zaccharias. Je m'appelle Rivka.

SCHMIELE — Et Zaccharias ? Il a pu s'en tirer ?

RIVKA — Quand il a appris comment Mischka, sa compagne, était morte, rue Mila, il est devenu fou. Il a pris son revolver et des grenades, il a quitté le bunker, pour la venger, disait-il. Et on ne l'a plus revu.

SCHMIELE — C'était un type bien, Zaccharias, un véritable chien enragé du ghetto.

RIVKA — Je suis partie avec deux autres, des pionniers, comme moi. Ils voulaient retrouver Ichac Cukierman dans son bunker. En chemin, on a rencontré une patrouille d'Allemands. Ils ont tiré. Un des garçons est tombé. L'autre et moi, on a pu s'échapper. Il m'a conduite jusqu'à la cour, en bas. Je me suis endormie, je n'en pouvais plus. Quand je me suis réveillée, il était parti. Il m'avait laissé une gourde avec de l'eau, un peu de pain et un petit papier avec un plan pour venir ici.

SCHMIELE — Tu as le papier ?

RIVKA — Tu es fou ? Si les Allemands m'avaient prise, ils auraient trouvé le plan !

SCHMIELE — C'est bien. Tu es une fille intelligente.

RIVKA — Non. C'est une des premières choses qu'on m'a apprises chez les pionniers. Jamais de papiers sur soi. Tout apprendre par cœur. Et toi, comment es-tu arrivé jusqu'ici ? Tu appartiens aussi à l'OJC ?

SCHMIELE — Oui. Mais côté bundiste, pas sioniste comme toi.

RIVKA — Tu y viendras. Au moins, les Allemands t'auront fait comprendre la vérité. Il n'y a pas d'avenir pour les Juifs, sauf en Eretz Israël.

SCHMIELE — La vérité, c'est qu'il n'y a pas d'avenir du tout pour les Juifs polonais.

JO — Ça ne va pas recommencer ! Les Allemands vont donner l'assaut et vous parlez politique ! *(Se tournant vers le rabbin.)* Rebbe, ramenez-les à la raison. Dites-leur qu'on n'a qu'une chose à faire, c'est filer d'ici, et tout de suite. *(Se tournant vers la fille.)* Allons, ma belle, demi-tour, je te suis.

RIVKA — Tu es qui, toi, pour me donner des ordres ?

SCHMIELE — Ne fais pas attention. C'est un contrebandier. Il est mort de trouille, mais comme il ne connaît pas les égouts, il compte sur toi pour lui montrer le chemin. Il est bourré d'argent, il te donnera ce que tu veux pour le guider.

RIVKA — Assez ! Je suis une militante, pas une trafiquante. Et toi, qu'est-ce que tu comptes faire ? Tu as une arme, on pourrait essayer de retrouver Cukierman et son groupe, et continuer avec eux ?

SCHMIELE — Non, moi je reste ici, avec le rabbin. Pas pour les mêmes raisons, mais avec lui. Je voudrais en tuer encore quelques-uns. Ils croient la maison vide. Alors ils finiront bien par monter jusqu'ici. Et j'aurai ma chance.

JO — Ta chance, pauvre dingue ! Mais tu n'en as aucune ! Ils mettront le feu à l'immeuble et vous n'aurez plus qu'à griller ou à sauter dans le vide, comme tes amis. Si tu veux encore te battre, partons par les égouts. De l'autre côté, tu pourras toujours trouver des Allemands à descendre, ce n'est pas ce qui manque à Varsovie.

SCHMIELE — Et le Rebbe, qu'est-ce que tu en fais ? Tu le laisses ici, avec ses prières ?

LE RABBIN — Mourir ici ou ailleurs ! Je ne ferai que vous gêner. Et je crois que le moment est venu de retrouver mon maître.

JO *(à Schmiele)* — Tu as sa réponse. Alors, tu viens avec nous ?

RIVKA — Comment, avec nous ? Qu'est-ce que ça veut dire ? Tu crois que je vais partir avec un type comme toi ? Et tu ne m'as pas répondu. D'où viens-tu, à quel groupe appartiens-tu ?

JO — Il te l'a dit. Je faisais de la contrebande. Assez parlé à présent. Filons. *(Il s'approche de la trappe.)*

RIVKA — Pas si vite. La contrebande, depuis les grandes déportations de l'été, il n'y en a pratiquement plus au ghetto. Alors, qu'est-ce que tu as fait depuis ce temps-là ?

JO *(gêné)* — Je me débrouillais, je rendais des services. Et puis, de quel droit tu me poses des questions ?

SCHMIELE — Elle a raison. Et moi, je te les pose aussi. Depuis la grande Action, depuis les grandes rafles de l'été, il n'y a plus au ghetto que des ouvriers parqués dans les usines, rivés à leurs machines jusqu'à la fin. Alors où travaillais-tu ? Chez Hoffman ou chez Schultz, à réparer les uniformes et les capotes fourrées, ou à la tannerie Wronsky, ou chez Toebbens ? Montre tes mains, c'est pas des mains de travailleur. Alors, tu étais employé au Conseil juif, au *Judenrat*, une bonne planque, hein, quand on a des relations ? *(Il l'empoigne.)* Tu vas répondre maintenant, je veux savoir enfin qui tu es !

JO *(se dégageant)* — Assez ! J'ai pas de compte à te rendre. Et à elle non plus. Tout ce que je veux, c'est filer d'ici. Tout de suite. *(Il va vers la trappe demeurée ouverte.)*

RIVKA *(le devançant d'un bond et fermant la trappe)* — Non ! Je te reconnais à présent, canaille. C'est tes bottes, tes belles bottes jaunes qui t'ont trahi. Dès que je t'ai regardé, j'ai pensé que je t'avais déjà vu. À cause des bottes. Je ne savais pas où, mais j'en étais sûre. Et puis, quand tu t'es emporté, là, d'un seul coup, je me suis souvenue. Tu portais beau à l'époque, avec ta fine moustache, ta vareuse ajustée et ta cravache à la main ! Tes bottes brillaient même dans la poussière. Rappelle-toi, ordure ! C'était en août, pendant les grandes rafles. Tous les jours, il fallait livrer aux autres leur ration de Juifs : 10 000 par jour pour Treblinka. Le convoi partait l'après-midi de l'*Umschlagplatz*. Alors c'était la chasse aux Juifs dans le ghetto, dès l'aube. Et qui les conduisait à l'*Umschlagplatz* où les attendaient les SS et les Ukrainiens pour les jeter dans les wagons de marchandises, à grands coups de fouet ? Et qui les ramassait à l'aube, les Juifs, dans la rue ou dans les appartements ? Qui trouvait les enfants dissimulés dans les caches ? Qui jetait dans les escaliers les vieux qui les suppliaient ? C'étaient des types comme toi, les canailles de la police juive ! En bas, dans la cour des immeubles, il y avait les Allemands, les Ukrainiens, les Lettons qui attendaient leurs proies. Mais, vous, les hommes de la police juive, c'étaient vous qui les livriez ! Pour échapper à la déportation, vous et votre famille. Et si parfois vous acceptiez de tourner ailleurs votre regard d'assassin, de laisser certains glisser de vos mains maudites, c'est parce que ceux-là avaient encore de l'argent, qu'ils vous suppliaient de prendre pour les laisser là, pour les laisser vivre encore un jour, encore une heure, jusqu'à la prochaine rafle.

JO *(hagard, à Schmiele et au Rebbe)* — Mais elle est folle, cette fille ! Qu'est-ce que j'ai à voir avec toute cette histoire ? Je n'ai jamais été de la police juive, j'étais un contrebandier. Les policiers, je leur graissais la patte, il le fallait bien pour qu'ils ferment les yeux. Mais c'est tout. Je te le dis, elle est folle.

RIVKA — Non, je ne suis pas folle. Et tes bottes, tes belles bottes, je les aurais reconnues entre mille. Parce que ce jour-là où je t'ai vu, en juillet, j'étais moi-même à l'*Umschlagplatz*. J'étais élève à l'école d'infirmières, celle que dirigeait la doctoresse Bielicka Blum. Ce matin-là, quand elle a su que les policiers juifs avaient pris tous les enfants de l'orphelinat de la rue Sliska, elle nous a dit à toutes de venir avec elle à l'*Umschlagplatz*. Nous avons mis des blouses bien blanches, et nous sommes parties, la tête droite sous la coiffe, dans la rue brûlante sous le soleil. Nous avons dépassé des vieux Juifs qui se traînaient, appuyés au bras des jeunes, les enfants cramponnés à leurs parents. Quelques-uns tombaient dans la poussière. Les policiers les frappaient à coup de matraque. Ils ne se relevaient pas. D'autres avançaient, le regard fixé sur le ciel, au-dessus des toits, comme s'ils ne voulaient plus rien voir de cette terre maudite. Tous nous laissaient la voie libre. Même les gardes ukrainiens étaient comme stupéfiés de nous voir, dans nos blouses blanches et nos capes d'infirmières. Et quand nous sommes arrivées à l'entrée de l'*Umschlagplatz*, je t'ai vu, toi, debout à côté d'un SS qui faisait le tri parmi ceux qui brandissaient des certificats de travail du *Judenrat* ou des usines Rerich, pour rester au ghetto. Le SS était assis devant une table. Il jetait un coup d'œil au papier, un coup d'œil au Juif. Et le verdict tombait : « À droite », ceux qui restaient, c'était la vie. « À gauche », ceux qui partaient, c'était la mort. Le SS était le maître de la vie et de la mort. À cet instant-là, il avait le regard vide. Et toi, debout à côté de lui, je voyais tes lèvres s'ouvrir par moments. Tu lui murmurais quelque chose. Et on entendait le SS dire « À droite ». Au moment où je suis arrivée au portail, avec la doctoresse Blum, j'ai vu une femme, avec ses deux petits, elle t'a tendu un papier ou une enveloppe, je ne sais pas au juste. Tu as jeté un coup d'œil et tu l'as montré au SS qui a fait non de la tête. Alors elle s'est jetée à tes genoux, elle t'a agrippé fort, elle hurlait en yiddish : « Pitié pour eux, pitié pour eux ! », elle baisait tes belles bottes, et toi, tu l'as repoussée d'un coup de ces bottes-là. Elle est tombée à la renverse, avec les petits qui hurlaient. Et moi, je ne pouvais détacher mes yeux de tes bottes jaunes qu'elle avait baisées en vain. Salaud ! Et je ne les ai jamais oubliées.

JO *(hors de lui)* — Tu es folle. Tu as rêvé toute cette histoire ou tu me prends pour un autre. Je n'ai jamais été dans la police juive. Je suis un contrebandier. C'est un autre qui avait des bottes comme les miennes. Je n'y étais pas, je le jure devant Dieu.

LE RABBIN — Laisse Dieu en dehors de tout cela.

RIVKA — Des belles bottes comme les tiennes, hautes, lacées sur le devant, je n'en ai jamais vu d'autres ailleurs que ce jour-là, à l'*Umschlagplatz*.

JO *(à Schmiele)* — Mais ce sont des bottes d'aviateur, je les ai achetées à un officier polonais cet hiver ! C'est aussi simple que ça.

SCHMIELE — Et cet officier polonais avec une casquette de policier juif, il était ce jour-là à l'*Umschlagplatz*, à côté du SS qui procédait à la sélection ? Explique-nous ça !

JO *(s'empêtrant)* — Je ne sais pas, moi. Ça devait être un autre type qui s'était, lui aussi, procuré des bottes comme les miennes. Enfin, c'est fou, il n'y a pas qu'une paire de bottes à lacets dans Varsovie !

SCHMIELE — Dans Varsovie, je ne sais pas. Mais dans le ghetto, je n'en ai jamais vu. Alors, il vaut mieux trouver autre chose pour nous convaincre que ce n'était pas toi le policier aux bottes à lacets, ce jour-là à l'*Umschlagplatz*.

À ce moment, Jo, qui s'est rapproché de la table, bondit sur la musette ouverte de Schmiele et s'empare du pistolet qu'il pointe sur Schmiele et Rivka, pétrifiés.

JO — Les mains en l'air, tout de suite ! *(Tous deux lèvent les bras.)* Et toi, le rabbin, mets-toi à côté d'eux. *(Le rabbin se place à côté de Schmiele.)* C'est mieux comme ça. *(À Schmiele.)* Les armes, c'est fait pour les professionnels, pas pour les amateurs. *(À Rivka.)* Et toi, tu te tais. J'ai horreur des filles qui parlent trop.

RIVKA — J'avais raison. C'était bien toi, le policier à l'*Umschlagplatz*. Salaud, canaille !

JO — Assez ! Je ne veux plus t'entendre. Donne-moi ta gourde.

RIVKA — Viens la prendre, crapule !

JO — Tais-toi. Tu as compris ou je te fais taire ? *(Il lève le pistolet.)*

SCHMIELE *(s'avançant d'un pas vers Jo)* — Pose ce pistolet sur la table.

JO *(se reculant et pointant son arme vers lui)* — Tu veux crever tout de suite ? Arrête ou je tire !

SCHMIELE *(s'avançant encore)* — Vas-y.

Jo le regarde, lève le bras. On entend le bruit de la gâchette, à vide. Il appuie à nouveau : même déclic. Schmiele bondit sur Jo, lui tord le poignet. Le pistolet tombe à terre. Rivka s'en empare et le pointe vers Jo. Schmiele repousse violemment Jo.

SCHMIELE — J'avais enlevé le chargeur, par prudence. Le cran de sécurité est cassé. Le coup peut partir trop facilement.

RIVKA — Et maintenant, qu'est-ce qu'on va faire de lui ?

SCHMIELE — C'est toi qui l'as vu à l'*Umschlagplatz*. C'est toi qui l'as reconnu. C'est à toi de décider.

JO — Qu'est-ce que ça veut dire, décider ? Tu ne vois pas qu'elle a perdu l'esprit ? C'est fréquent dans le ghetto.

RIVKA *(très calme)* — Assez d'histoires. Tu voulais t'en aller ? Va-t-en ! Tu les as entendus, les Allemands ? La vie sauve à ceux qui se rendront. Tu n'as qu'à descendre dans la rue et lever les bras. Avec un peu de chance, tu retrouveras peut-être des SS de ta connaissance.

SCHMIELE — Je ne suis pas d'accord. S'il se rend, il nous vendra aussitôt aux SS. Il leur dira que nous sommes là et ils mettront le feu à l'immeuble pour nous faire griller.

JO — Mais toi aussi, tu es devenu fou ! Si je sors de l'immeuble, ils m'abattront. Ma seule chance, c'est de passer par la cave et les égouts.

SCHMIELE *(montrant la fenêtre bouchée par le matelas)* — Par là.

JO — Par là ? Sauter du balcon ? Mais je me briserais les os sur le pavé ! Je préfère rester ici pour me rendre.

SCHMIELE *(très calme)* — Non. Ta place n'est pas avec nous. Tu vas partir, et tout de suite. D'ailleurs, tu n'es pas forcé de sauter. Il y a une gouttière juste au bord de la fenêtre. Tu peux te laisser glisser jusqu'en bas.

JO — Non. Vous ne pouvez pas me forcer à partir. Après tout, je suis un Juif moi aussi. *(Il s'assied sur la chaise.)*

SCHMIELE — Debout ! Tu préfères que je te tue tout de suite ?

JO — Avec quoi ? Ton pistolet vide ?

SCHMIELE — Avec ça, tout simplement. *(Il sort de sa musette un coutelas.)* Ça ira vite et ça ne fait pas de bruit. *(Il s'approche de Jo.)*

LE RABBIN *(s'interposant)* — Arrête, Schmiele ! Un Juif ne tue pas, sauf pour sauver sa vie. Ne te souille pas de son sang. Épargne-le.

SCHMIELE — Dis la prière des morts, Rebbe, si tu veux, mais ne te mêle pas de ça. *(À Jo.)* Alors, tu te décides ?

JO — Non. Je ne veux pas sauter dans la rue, je ne bougerai pas d'ici. Vas-y, tue-moi, tue un Juif sans défense, comme font les autres.

Schmiele s'approche encore, lentement.

RIVKA *(d'une voix forte)* — Le rabbin a raison. Ne te souille pas de son sang. C'est à moi de le faire. Pour la femme de l'*Umschlagplatz*, et pour tous les autres qu'il a envoyés à Treblinka. *(À Schmiele.)* Passe-moi le couteau.

SCHMIELE — C'est pas un travail pour une femme.

RIVKA — Tu ne veux pas ? Alors je le ferai à ma manière. Et il n'y gagnera pas. *(Elle prend la bouteille vide sur la table, va au fond de l'atelier, la casse contre la machine. Bruits de verre éclaté. Elle revient, tenant dans sa main droite le goulot de la bouteille coupée en deux, avec des pointes de verre acérées comme des poignards. Elle s'approche de Jo toujours assis et lève le goulot de bouteille.)* Tu veux rester ici ! Très bien. Dans une seconde, quand je t'aurai planté ça dans le visage, tu n'auras plus d'yeux pour voir. Et, après, je te tuerai de mes mains. *(Elle approche encore le goulot de la bouteille du visage de Jo.)*

Jo se lève d'un bond de la chaise qui tombe. Hagard, il se tourne vers Schmiele qui tient le couteau à la main. Tous trois sont devant le matelas qui bouche la fenêtre.

SCHMIELE — Allez, je te laisse ta dernière chance : la gouttière.

Jo regarde Rivka et Schmiele. Il écarte le matelas, se hisse sur le balcon. Un instant de silence. Une longue rafale de mitraillette claque. Schmiele et Rivka se sont jetés par terre. Le silence revient.

Scène 4

LE RABBIN *(à Schmiele)* — Tu as enfreint la Loi.

RIVKA — Non, c'était justice.

LE RABBIN — Pas aux yeux de l'Éternel. Dieu veut la vie, pas la mort.

RIVKA — C'est bon pour toi, Rebbe, mais pas pour moi. Il y a les justes et les salauds, les héros et les lâches. Jusque dans la mort. Je ne pardonne pas. Je n'oublie pas.

LE RABBIN — Que faisait ton père ?

RIVKA — Il était médecin. Ma mère aussi, pédiatre. Eppelbaum, David et Alina Eppelbaum.

SCHMIELE — Eppelbaum ? Le grand chirurgien, celui que les Allemands ont fusillé en 1940, à la prison de Varsovie ? C'était ton père ?

RIVKA — Oui.

SCHMIELE — J'ai connu ta mère. Elle a soigné mon aîné quand il est tombé malade du typhus dans le ghetto. Une femme de cœur.

RIVKA — Oui. Elle aurait pu passer de l'autre côté, elle avait des amis polonais, des médecins comme elle. Ils lui avaient fait passer des papiers, de l'argent, et ils l'auraient cachée. Elle n'a jamais voulu : ma place est ici, disait-elle, avec les enfants. Jusqu'au bout. Mais elle voulait qu'on quitte le ghetto, ma sœur et moi. Elle nous disait : « Vous avez l'air de Polonaises toutes les deux. Si blondes, vous passerez inaperçues. Vous avez la vie devant vous, une belle vie, une vie utile aux autres. » C'était sa foi à elle. Elle n'était pas croyante, elle voulait le bonheur du peuple, la justice sur cette terre. Elle ne faisait pas de différence, Juif, non-Juif, ça ne voulait rien dire pour elle. Il y avait les opprimés et les oppresseurs, les misérables et les puissants. Il a fallu le ghetto pour qu'elle découvre qu'elle était juive. Elle et mon père l'avaient oublié. Ils ne parlaient même pas yiddish.

SCHMIELE — Et toi, c'est au ghetto que tu es devenue sioniste ?

RIVKA — Eretz Israël est tout ce qui nous reste comme espoir. Qui peut encore croire à un avenir pour les Juifs en Pologne ? Tu as vu beaucoup de Polonais venir à notre secours ? La vraie leçon de cette guerre, pour nous, c'est que les Juifs ne peuvent compter que sur eux. Toujours. Partout. C'est ce que j'ai compris au ghetto : que les Juifs étaient seuls, toujours seuls. J'ai rejoint l'OJC et j'ai fait des missions de l'autre côté, parce que j'ai l'air d'une Polonaise. Et je suis revenue au ghetto pour me battre. Anielewicz avait raison. Se battre ici, c'est se battre pour le peuple juif tout entier. Le cœur d'Israël, aujourd'hui, il bat dans le ghetto de Varsovie.

À ce moment-là, des explosions retentissent, très proches, et des rafales de mitrailleuses claquent à nouveau.

SCHMIELE — Couchez-vous, ça recommence !

Rivka et Schmiele se jettent à terre. Le rabbin continue à lire son livre de prières. Les tirs s'arrêtent. Le silence revient. Schmiele rampe jusqu'à la fenêtre, se dresse le long de l'embrasure, écarte un peu le matelas et regarde dans la rue.

SCHMIELE — Personne. Les autres ont dû attaquer l'immeuble à l'angle de la rue. Il y avait là encore des nôtres. Ils ont dû tenter une sortie. *(Il se retourne vers Rivka qui s'est relevée.)* Tu ne peux pas rester ici. Ils vont sûrement finir de nettoyer la rue, comme ils disent, ou mettre le feu aux immeubles qui sont encore debout. Tu dois partir tout de suite.

RIVKA — Pourquoi ? Je préfère rester ici, avec toi, à les attendre. Il me reste encore une grenade. Je peux m'en servir, ou toi, si tu préfères, quand ils viendront. *(Elle sort une grenade de la poche de son pantalon. Schmiele la prend.)*

SCHMIELE — Merci pour la grenade. C'est une bonne idée. Mais toi, en descendant à la cave, par les égouts, tu peux courir ta chance. Et prends le pistolet. C'est en échange de la grenade.

RIVKA — À quoi bon ? Tu sais bien que le chargeur est vide !

SCHMIELE — Justement. Tu peux rencontrer un des nôtres qui aura des balles. Et puis, si tu t'en sors, de l'autre côté, il peut toujours servir.

RIVKA — Mais pourquoi ne viens-tu pas avec moi ? Et vous aussi, Rebbe ?

LE RABBIN — Je ne ferais que vous gêner. Vous aurez une meilleure chance à deux, avec l'aide de Dieu.

SCHMIELE — Non, je reste avec toi ici, Rebbe. C'est ma place, ma dernière place en ce monde, à présent. Le bout du chemin. *(À Rivka.)* Mais toi, tu es jeune, tu crois en Eretz Israël, tu crois au retour du peuple juif sur la terre de Palestine. C'est bien d'avoir encore une cause à servir sur cette terre.

RIVKA — Viens avec moi, toi aussi tu verras la Terre promise, j'en suis sûre. *(Un temps de silence. Sa voix change.)* Ne me laisse pas seule, je t'en prie, j'ai si peur de mourir seule !

SCHMIELE *(s'approchant d'elle et la prenant dans ses bras)* — N'ai pas peur, ma colombe, tu retrouveras les nôtres, des jeunes comme toi. Et vous réussirez à passer de l'autre côté. Du côté de la vie. Puis, la guerre finie, tu iras en Eretz Israël, tu verras Jérusalem et tu auras des enfants, là-bas, au kibboutz.

RIVKA — Alors, viens avec moi, tu vivras aussi un jour au kibboutz.

SCHMIELE — Allons, ne rêve pas. Ce n'est pas le moment. *(On entend une nouvelle rafale de mitrailleuse.)* Pars vite, à présent ! *(Il soulève la trappe.)* Prends ça. *(Il lui passe la musette autour du corps.)* Il y a le pistolet et encore un peu de pain. Et puis, aussi, une bougie. Vite, je les entends qui arrivent dans la rue. *(Elle l'étreint de toutes ses forces, puis s'arrache à lui, et descend l'échelle. Il la regarde en souriant et murmure.)* Va, ma colombe.

LE RABBIN *(debout)* — Éternel, Dieu de justice, veille sur elle et sauve-la, car elle est l'espoir d'Israël.

Scène 5

LE RABBIN — Pourquoi n'cs-tu pas parti avec elle ?

SCHMIELE *(ironique)* — Pour te tenir compagnie, Rebbe. Pour que tu ne meures pas seul.

LE RABBIN — Je ne suis jamais seul, tu le sais bien. Mais elle, oui. Et toi aussi.

SCHMIELE — Elle vivra, j'en suis sûr. C'est inscrit dans ses yeux, dans sa voix. Elle passera de l'autre côté. Elle survivra à la guerre. Elle gagnera Israël. Elle est de la race des combattantes, des victorieuses, des Judith.

LE RABBIN — Que l'Éternel t'entende ! Raison de plus pour partir avec elle. Deux vies sauvées valent mieux qu'une. L'Éternel l'avait menée jusqu'ici, jusqu'à toi. Pourquoi l'as-tu renvoyée ?

SCHMIELE — Tu ne comprends pas. Elle, c'est la vie, et moi, je suis déjà mort. Si j'étais parti avec elle, j'aurais emmené la mort avec nous.

LE RABBIN — Tu crois que c'est la seule raison ?

SCHMIELE — Bien sûr que non ! Ma vraie raison, elle se trouve rue Gesia, au 36 exactement, au deuxième étage sur cour. C'est là que j'habitais, dans le ghetto, avec Frunke, ma femme, et nos trois enfants. Dans un petit atelier comme ici. Le jour, on travaillait là, Frunke et moi, avec la machine à coudre, et les enfants aussi quand l'école juive était fermée par peur d'une rafle. On mangeait ce qu'elle avait réussi à trouver. Le soir, on étendait les matelas et on dormait là, tous ensemble. La misère, pour moi, c'est une vieille compagne. Je l'ai connue dès l'enfance, au *shtetel*, à Belhatov. Elle m'a toujours été fidèle. Même dans la misère, la crasse et le bruit, cet atelier-là, rue Gesia, c'était encore pour moi la maison, les miens, la vie. On grelottait de froid l'hiver, mais quand je regardais le soir Frunke qui recousait encore un vieux manteau, et les enfants, couchés sur le matelas, juste leurs trois petites têtes sortant de la couverture, je me disais que j'avais encore de la chance, puisque nous étions là, ensemble. Et j'avais le cœur gros et chaud à la fois. Quand les grandes rafles ont commencé, en juillet, j'ai dit à Frunke qu'il fallait éviter de sortir. Je savais que la police juive devait livrer son quota de Juifs et qu'ils les ramassaient dans la rue, dans les boutiques, partout, pour les mener à l'*Umschlagplatz.* Le dixième jour, je suis allé, le matin, à la fabrique de Schultz pour chercher du travail à faire à la maison. Les rues étaient calmes, pas comme l'enfer des jours précédents. J'ai attendu longtemps à la fabrique. Le contremaître n'était pas là. Les Juifs qui travaillaient dans l'atelier, on voyait bien qu'ils n'étaient plus à ce qu'ils faisaient. Ils tendaient l'oreille, ils guettaient les bruits. Enfin, je suis reparti en traînant ma petite charrette. Au croisement de la rue Gesia, une voisine s'est précipitée sur moi : « Va-t'en, Schmiele, les Ukrainiens sont là avec la police juive. Ils ramassent tous ceux qui passent. Et ils fouillent tous les immeubles pour trouver les Juifs qui se cachent. » Elle est partie en courant, et moi, je suis resté là un instant, pétrifié. Puis j'ai repris la charrette pour montrer, si j'étais arrêté, que je travaillais pour Schultz. C'était comme un passeport, cette charrette, avec ces uniformes déchirés, et puis ça validait mon certificat de travail. J'ai marché tranquillement, poussant ma charrette comme à l'ordinaire, pour ne pas donner l'impression que j'avais peur, pour montrer que j'étais bien en règle. Il faisait très chaud, je transpirais d'angoisse. Dans la rue Gesia, tout était silencieux. Les portes des immeubles étaient grandes ouvertes et les cours vides, il y avait juste des valises abandonnées çà et là. Alors, j'ai laissé la charrette et je suis parti en courant vers le 36. L'escalier était vide, les portes des logements ouvertes. Je suis arrivé devant l'atelier, je suis entré doucement. Il n'y avait plus personne, ni Frunke, ni les enfants, personne. Les assiettes étaient posées encore sur la table, les placards ouverts, forcés. Il n'y avait plus que moi qui appelait doucement : « Frunke, Frunke,… » *(Il s'arrête. Le rabbin se lève et vient poser la main sur l'épaule de Schmiele qui tressaille. Un silence. Schmiele relève la tête sans regarder le rabbin.)* C'est pour ça que je ne suis pas parti avec la petite. Je ne pouvais pas. *(Il se lève et va à la fenêtre. Il écarte un peu le matelas, jette un coup d'œil. Un silence. Schmiele reprend, très calme.)* Il fait beau, c'est le printemps. Dans le ghetto, il n'y a pas d'arbres. Le printemps, on le voit fleurir chez les Polonais. Tu vois, Rebbe, c'est ça qui me fascine : de l'autre côté du mur, la vie continue, comme si le ghetto n'existait pas.

À ce moment, on entend carillonner des cloches. Schmiele est figé sur place, devant la fenêtre.

LE RABBIN — On doit être dimanche. C'est l'heure de la première messe. Il y aura sûrement beaucoup de fidèles à l'église. Ils sont si pieux, les Polonais !

SCHMIELE — Tant mieux. Au moins, ils célébreront la résurrection d'un Juif, d'un seul, mais d'un Juif tout de même. Les millions d'autres, ceux du ghetto et des camps, ces Juifs-là, ils peuvent crever, ça leur est bien égal.

LE RABBIN — Tu es injuste, Schmiele. Pense à tous les Polonais qui ont caché des Juifs, qui les ont aidés à fuir, qui les ont sauvés des rafles. Et n'oublie pas qu'il suffit d'un Juste pour sauver une cité.

SCHMIELE *(ayant regagné la fenêtre et observant à nouveau la rue)* — Eh bien, je ne donnerai pas cher de l'avenir de Varsovie... *(On entend une nouvelle rafale de mitrailleuse. Le tir se rapproche et se fait plus nourri. Schmiele se jette à terre et fait signe au rabbin de s'allonger.)* C'est le signal de l'assaut. Ils arrosent de balles les murs et les fenêtres pendant qu'ils pénètrent dans l'immeuble. *(Le silence se rétablit.)* Ils vont fouiller partout pour tuer les survivants, achever les blessés, finir le travail. *(Il se relève doucement, le rabbin aussi.)* Il me reste la grenade. Je vais attendre qu'ils viennent jusqu'ici. Et quand ils ouvriront la trappe, je la lancerai dans le trou. Comme ça, ils mourront avec nous. D'accord, Rebbe ?

LE RABBIN *(ayant repris son livre de prières à la main)*. Mourir comme ça ou autrement, quelle importance aux yeux de l'Éternel ? Mais, comme Juif, je te comprends.

SCHMIELE — Rebbe, est-ce vrai ce que me disait le maître, à l'école, qu'un Juif peut demander à Dieu des comptes pour les souffrances qu'il a subies, s'il les trouve injustes ?

LE RABBIN — Parle. Il reste très peu de temps.

SCHMIELE — Éternel, mon Dieu... *(Il arrête.)* Non, je ne peux pas le dire à Lui. Alors, je vais te le dire à toi. Et tu répondras pour Lui. Je n'ai pas été un Juste sur cette terre, j'ai été un homme ordinaire, avec une vie ordinaire. Je n'ai pas respecté tous les commandements, tant s'en faut. Je n'ai pas toujours été un bon fils, ni un bon mari, peut-être même pas un bon père. Mais dans la balance de Justice, que représentent ces péchés-là au regard des souffrances atroces que nous avons connues ? Je ne parle pas de la misère, de la faim, ni du froid, de la maladie, des humiliations, ni de la peur, tous les jours, tout le temps. Ça encore, je peux l'admettre, même si c'est cher payé pour de pauvres péchés d'homme. Mais les rafles, les coups, l'*Umschlagplatz*, les vieillards jetés dans les wagons, et surtout la mort des enfants à Treblinka, dans les chambres à gaz, ça, je ne peux pas le comprendre ni le pardonner, même à Dieu, s'il existe.

On entend des bruits sourds résonner sous le plancher de la scène.

LE RABBIN — Ne blasphème pas, Schmiele, pas maintenant. *(Le bruit se rapproche de la trappe.)* Parce que je vais te donner la réponse : si l'Éternel n'est pas notre Dieu, alors, qui serait-Il, sinon le Dieu de nos assassins ? Et ça, c'est impossible.

Schmiele le regarde et l'étreint. Puis il sort de sa poche la grenade. Des coups de crosse résonnent très fort sous la trappe. Tandis qu'elle se soulève lentement, on entend la voix du rabbin dire : « Chema Israël, Adonai eloheinu, Adonai ehod. » *Un casque allemand apparaît. Schmiele lance la grenade dans la trappe.*

FIN

C. 3. 3

Introduction

Oscar Wilde ou l'injustice

Chacun de nos procès est le procès de notre vie entière, de même que toutes les sentences sont des sentences de mort.

Oscar Wilde, *De Profundis*

Que savais-je d'Oscar Wilde quand je me suis penché sur son destin judiciaire ? Bien peu de chose en vérité. J'avais aimé quelques contes, certaines pièces et surtout *De Profundis*. J'avais croisé son personnage en lisant Gide. Je n'ignorais pas qu'il avait été poursuivi à propos d'une liaison scandaleuse avec le jeune lord Douglas, condamné à une peine d'emprisonnement, et qu'il était mort à Paris à l'aube du XXe siècle, misérable et rejeté par la société qui l'avait tant fêté. Sans doute étaient-ce ces ultimes années d'humiliation qui me rendaient Wilde sympathique, en dépit de sa préciosité et de son affectation. Cette connaissance superficielle de Wilde ne me prédisposait guère à lui consacrer une attention particulière.

Demeurait cependant dans sa vie cet épisode judiciaire singulier. En étudiant l'histoire de la répression de l'homosexualité dans les sociétés occidentales, il m'apparut que la poursuite et la condamnation de Wilde pouvaient se révéler riches d'enseignements. Voici, pensais-je, un écrivain célèbre que la justice de son pays, réputée dans toute l'Europe pour son respect des droits de la défense, a condamné, pour homosexualité, à deux années d'emprisonnement. Aucune circonstance aggravante ne se rencontrait dans son cas : ni violences sexuelles, ni détournement de mineur. C'était donc l'homosexualité elle-même, les relations sexuelles librement consenties entre deux adultes qui avaient été punies, ici, d'une lourde peine de prison. Et pareille condamnation avait été prononcée par une justice sûre d'elle-même, dans une nation triomphante et dominatrice dont la culture, l'Empire et la richesse faisaient, à ce moment de son histoire, la première puissance européenne. Entre ce fait divers, la condamnation pour homosexualité d'un écrivain célèbre, et l'éclat d'une société parvenue à son apogée, y avait-il harmonie ou dissonance ? Et puisque cette société avait applaudi à cette condamnation, l'affaire Wilde posait ainsi une interrogation majeure : comment une justice respectueuse du droit, qui rend une décision largement approuvée par la conscience collective, peut-elle nous apparaître, un siècle plus tard, si injuste ?

*

* *

C. 3. 3

Je décidai donc d'y voir plus clair. Fort heureusement, les *Verbatim*, comptes rendus sténographiques de l'affaire Wilde (ou plutôt des procès, car il y en eut plusieurs successivement), avaient été publiés dès 1905. D'autre part, il était aisé de retrouver dans les bibliothèques la presse de l'époque. Et nombreux étaient les témoignages écrits des proches de Wilde et de ses contemporains. Connaître l'affaire Wilde n'offrait guère de difficultés pour qui voulait s'y attacher.

À mesure que je progressais, elle me passionnait toujours plus. D'abord parce qu'elle se révélait éminemment tragique. Le propre de la tragédie est que le ressort caché des événements terribles qui vont advenir se trouve dans la personnalité des héros. Il ne manque que le déclic du destin pour que la machine infernale qu'ils portent en eux se mette en marche et que l'explosion survienne. Ainsi en fut-il dans le cas de Wilde. Sa liaison avec le jeune lord Alfred Douglas constituait une provocation éclatante à l'égard de la société dans laquelle il vivait. Et le père de lord Douglas, le marquis de Queensberry, était un paranoïaque furieux. Ses pairs, les lords écossais, avaient refusé de l'envoyer à la Chambre des lords, comme son haut lignage le commandait, à cause des scandales qu'il provoquait. Il haïssait sa famille qu'il jugeait liguée contre lui. Sa femme, lassée par sa violence et ses débauches, s'était décidée à demander le divorce. Dès lors, il n'était point d'affront qu'il ne lui infligeât. Il s'était convaincu que son fils aîné, le vicomte Drumlanrig, entretenait avec lord Rosebery, un des chefs du parti libéral, ministre des Affaires étrangères, des relations homosexuelles. Drumlanrig avait obtenu de la reine Victoria, grâce à la protection de lord Rosebery, un titre de noblesse qui lui ouvrait la Chambre des lords. Fou de rage, Queensberry avait menacé lord Rosebery et son fils de faire éclater un scandale. À la veille de son mariage, Drumlanrig était mort mystérieusement au cours d'une partie de chasse et l'on parlait de suicide.

La même fureur animait Queensberry contre son plus jeune fils, lord Alfred Douglas, et contre Wilde en qui il voyait un autre lord Rosebery. Il multipliait provocations et menaces à l'égard de Wilde. Lord Alfred Douglas, de son côté, exécrait son père et ne rêvait que de l'humilier. Wilde se trouvait ainsi placé au milieu d'un champ de haines réciproques. Il ne pouvait céder aux menaces de Queensberry sans perdre lord Douglas, ni poursuivre ses relations avec celui-ci sans s'exposer à la rage de son père. Ainsi, dans les passions des protagonistes, tous les éléments du désastre qui emporterait Wilde étaient réunis. Il ne manquait que l'étincelle. Ce fut la provocation de Queensberry, la carte ouverte remise à l'adresse de Wilde entre les mains du portier, à son club : « À Oscar Wilde, posant au sodomite ».

*
* *

Dès ce moment, Wilde va s'acharner à se perdre. Il pouvait déchirer la carte avec un mépris ostensible. Il pouvait la conserver dans l'attente d'une nouvelle provocation, et s'en servir alors contre son auteur en établissant la préméditation. Il aurait pu aussi voir dans ce message le signe que le moment était venu soit de rompre avec lord Alfred Douglas, soit de quitter l'Angleterre avec lui. Mais Wilde choisit un parti aberrant : poursuivre Queensberry en diffamation. Certes, les peines prononcées en pareille matière par les juges anglais étaient rigoureuses. Mais l'auteur de la diffamation pouvait être acquitté s'il justifiait avoir agi dans l'intérêt général et établissait la vérité des propos diffamatoires. Le défi jeté par Queensberry à la face de Wilde était clair : que Wilde le poursuive et il prouverait à l'audience que Wilde était un homosexuel. Et dans ce cas, outre la perte du procès et l'éclat du scandale, le risque était grand pour Wilde d'être poursuivi et condamné, en application de la loi de 1885 qui réprimait les actes obscènes commis entre hommes adultes, même en privé, d'une peine de deux ans d'emprisonnement, au régime du travail forcé.

Face à un tel péril, les amis les plus proches de Wilde, qui connaissaient ou partageaient ses mœurs, lui déconseillaient toute action en justice contre Queensberry. Mais lord Alfred Douglas voulait le procès. Parce qu'il était d'un caractère aussi violent que son père, qu'il rêvait de voir ce père qu'il haïssait emprisonné, qu'il voulait venger la mort de son frère Drumlanrig. Et surtout, parce qu'il pensait être entendu comme témoin et voyait là l'occasion unique de dénoncer publiquement et sans risques, devant le public et toute la presse, c'est-à-dire devant toute l'Angleterre, l'odieux comportement de Queensberry envers les siens. Ainsi, dans le piège tendu à Wilde par Queensberry, Bosie[1] ne voyait que la tribune qui lui était offerte pour accabler son père. Pris dans cet affrontement entre le père et le fils, Wilde hésita, consulta, puis céda à la volonté de Bosie. Quelques semaines plus tôt, il confiait à André Gide : « Mes amis me conseillent la prudence. La prudence ! Mais est-ce que je peux en avoir ? Ce serait revenir en arrière. Il faut que j'aille aussi loin que possible… Il faut qu'il arrive quelque chose, quelque chose d'autre[2]… »

*
* *

Bien des explications ont été avancées sur les mobiles, conscients ou non, qui ont précipité Wilde vers le désastre prévisible. Mais le plus saisissant dans cette tragédie d'un homme qui se perd par sa propre volonté, c'est la constance de celle-ci tout au long de cette affaire. Car Wilde peut arrêter la partie où il s'engloutit, ou au moins sauver sa liberté en se réfugiant en France d'où il ne pouvait être extradé, puisque la loi française ignorait le délit d'homosexualité entre adultes consentants.

Mais, tout au long des épisodes judiciaires successifs – il n'y eut pas moins de trois procès –, il refusa de fuir, c'est-à-dire de se sauver.

1. Surnom de lord Alfred Douglas.
2. André Gide, *Oscar Wilde, in memoriam (Souvenirs)*, Mercure de France, 1910, 2e éd. 1989, p. 33.

Peut-être, à l'instant du verdict, quand il entendit le juge l'accabler de son mépris, avant de le condamner au maximum de la peine, a-t-il mesuré l'abîme où il s'était jeté. Son cri : « Puis-je dire un mot, Votre Honneur ? », avant d'être entraîné vers son destin, sur un geste du président, trahit une angoisse qu'il ne peut plus maîtriser. « L'autre chose », qu'il évoquait devant Gide, lui découvrait son visage terrible. C'était l'impitoyable réalité de la prison victorienne et du *hard labour*.

Lorsque Wilde émergea de la nuit carcérale, deux ans plus tard, il était brisé. Fortune, réputation, il avait tout perdu. Il publiera encore un long poème, un cri de douleur et de révolte né dans la nuit de la prison, la *Ballade de la geôle de Reading*. Il gagnera la France, sous un nom d'emprunt, retrouvera Bosie, errera avec lui avant qu'ils se séparent à nouveau. Il ne peut plus écrire. Il est criblé de dettes et s'adonne plus que jamais à l'alcool et aux jeunes prostitués. Moins de trois ans après avoir quitté la prison, il meurt dans un petit hôtel de la rue des Beaux-Arts, à Paris. Un prêtre, quelques amis, son logeur, entassés dans trois fiacres, composent le cortège funèbre. Ainsi disparut celui qui se dénommait orgueilleusement le « Prince de la vie ».

*

* *

Qu'un tel désastre saisisse le cœur, rien de plus naturel. Il faudrait être bien insensible pour demeurer indifférent devant ce gâchis de bonheur et de talent.

Témoignages, recherches et analyses se sont multipliés pour tenter d'éclairer le comportement presque suicidaire de Wilde. Mais d'un tout autre ordre est l'interrogation que suscite l'affaire Wilde sur la justice.

À première vue, pourtant, tout paraît simple. Wilde a bénéficié des droits reconnus en Angleterre à tout justiciable, et particulièrement aux accusés. Il n'a nullement été la victime d'une erreur judiciaire. Aucun doute n'existe dans son cas. Wilde a bien commis des actes obscènes (*gross indecency*) avec les jeunes gens cités à l'audience par maître Carson, l'avocat de Queensberry, lors du procès en diffamation. Leurs témoignages sous la foi du serment ont entraîné sa condamnation dans les procès ultérieurs. Lui-même, d'ailleurs, l'avait avoué à un ami, Frank Harris[1], avant sa condamnation. Et il a reconnu sa culpabilité dans un mémoire adressé au ministre de l'Intérieur pour demander sa grâce[2]. « Ma vie, écrit-il dans son *De Profundis* rédigé en prison, a été pleine de plaisirs pervers[3]. » Cependant, parmi les faits retenus contre lui par l'accusation, certains avaient été commis par Douglas, que Wilde se refusa à dénoncer. Et s'agissant de leurs rapports, si Wilde était coupable d'homosexualité, Douglas l'était tout autant. Les autorités judiciaires ne pouvaient l'ignorer. Cependant, aucune poursuite ne fut entreprise contre Douglas.

---

1. Frank Harris, *Oscar Wilde, his Life and Confessions*, Garden City Publishing Co., New York, 1930, p. 199.
2. Cf. H. Montgomery Hide, *Oscar Wilde, les années maudites*, Mercure de France, 1969, p. 80.
3. Oscar Wilde, *De Profundis, Œuvres, I*, Stock, 1975, p. 342.

Au cours du dernier procès contre Wilde, au terme des débats, lorsque le juge entreprit de résumer les faits et les arguments à l'intention des jurés, le premier juré demanda si, au vu de l'intimité ayant existé entre Wilde et lord Alfred Douglas, il avait été envisagé de lancer un mandat d'arrêt contre celui-ci[1]. Le juge Wills objecta que, même s'il en était ainsi, pareille considération n'exonérait pas Wilde. Le juge ajouta : « La question vient naturellement à l'esprit : pourquoi Wilde est-il dans le box des accusés et non lord Alfred Douglas ? Mais supposer que lord Alfred Douglas soit épargné parce qu'il est lord Alfred Douglas, serait une grossière erreur. Pareille chose est absolument et totalement impossible[2]. »

En vérité, l'affirmation du juge Wills était un propos de pure convenance. La justice anglaise ne pouvait être suspectée de complaisance envers quiconque, affirmait solennellement le juge Wills. Et cependant, elle l'était à l'évidence envers lord Alfred Douglas. Sans doute celui-ci était fort jeune au moment des faits. Il n'en était pas moins déjà majeur et responsable selon la loi. Rien ne justifiait donc une différence de traitement entre Wilde et Douglas, sinon leurs personnalités. L'un était l'héritier d'une longue et ancienne lignée de nobles écossais, l'autre le fils d'un chirurgien irlandais fraîchement anobli et d'une

1. *The Trials of Oscar Wilde*, with an introduction of H. Montgomery Hide, London, Wilham and Cie, London, 1948, p. 333.

2. *Ibid.*, p. 334.

femme de lettres féministe et volontiers provocatrice. Wilde était un auteur à succès, lord Douglas un jeune homme frais émoulu d'Oxford, écrivant des sonnets ambigus dans des revues plus ambigües encore, mais dont on pouvait penser que, le temps faisant son œuvre, il rentrerait dans le rang et, comme tant d'autres jeunes aristocrates, ferait carrière dans la diplomatie ou la politique.

La correspondance échangée entre l'avocat de la Couronne (faisant office de ministère public à l'audience), maître Gill, et Hamilton Cuffe, directeur du Bureau des poursuites criminelles, en avril 1895, à la veille de l'ouverture du procès contre Oscar Wilde, est à cet égard révélatrice. Dans cette correspondance, (classée aux archives comme devant demeurer secrète pendant un siècle), maître Gill exprimait gravement qu'après avoir examiné soigneusement tous les aspects du problème, il était arrivé à la conclusion qu'il n'y avait pas lieu de poursuivre lord Alfred Douglas. « Considérant, écrit l'avocat de la Couronne, le fait que Douglas était étudiant à Oxford lorsque Wilde l'a connu, la différence d'âge entre eux et la forte influence que Wilde a exercée sur Douglas depuis cette époque, je pense que Douglas, s'il est coupable, peut être justement regardé comme l'une des victimes de Wilde. » Et maître Gill d'ajouter : « A part cet aspect de la question, et bien que je craigne qu'il n'y ait guère lieu de douter que des relations immorales ont existé entre eux, cependant… les preuves susceptibles d'être obtenues n'établiraient que des soupçons graves… » Il conclut : « Sans doute des commentaires souligneront le fait que Douglas ne soit pas poursuivi.

Mais ces commentaires seront faits par des gens qui ne comprennent pas ou n'apprécient pas les difficultés de la preuve dans une telle affaire[1]. » Cependant, comme le faisait remarquer le premier juré dans le procès contre Wilde, les lettres de Wilde à Douglas constituaient la même charge contre l'un et l'autre. Et, s'agissant des témoignages des jeunes compagnons de plaisir de Wilde, deux d'entre eux au moins, interrogés par la police, avaient reconnu avoir été tout aussi complaisants envers Douglas. Quant à la considération selon laquelle le jeune Douglas n'aurait été que la malheureuse victime de la perversité de Wilde, alors dans la force de l'âge, du talent et de la célébrité, cet argument pouvait influencer le juge dans la détermination de la peine, non pour justifier que Douglas ne soit pas poursuivi. Hamilton Cuffe était lucide lorsqu'il écrivait : « Des personnes irresponsables diront sans doute que Douglas n'est pas poursuivi à cause de sa position sociale. » Mais il était hypocrite quand il ajoutait : « Nous pensons que les preuves réunies sont insuffisantes, et il nous incombe particulièrement d'être prudents car, dans l'état actuel de l'opinion publique, il y aurait un véritable danger qu'une condamnation soit prononcée sur la base de preuves insuffisantes[2]. » Pareille considération valait pour Wilde aussi bien que pour Douglas. Les charges

1. Lettre manuscrite de C. J. Gill à Hamilton Cuffe, 19 avril 1895, Public Record Office, Londres, A 56887 B.

2. Lettre de Hamilton Cuffe à C. J. Gill, 20 avril 1895, Public Record Office, *op. cit.* Je dois la connaissance de cette pièce originale à l'obligeance des services des archives de Londres que je tiens à remercier tout particulièrement. Le délai d'un siècle étant expiré, cette lettre peut à présent être rendue publique.

réunies contre l'un et l'autre étaient les mêmes. Mais ce que Hamilton Cuffe taisait, c'était l'intérêt politique en jeu qui commandait de poursuivre Wilde et d'épargner Douglas.

*
* *

A première vue cependant, l'affaire Wilde ne comportait aucun élément politique. Un écrivain célèbre, à la réputation sulfureuse, poursuivant en justice un aristocrate de vieille lignée connu pour ses extravagances, qui l'avait accusé de jouer au sodomite et de compromettre son fils, un jeune lord sorti d'Oxford : une telle affaire ne pouvait qu'exciter la curiosité du public et de la presse. À l'ouverture du procès de Wilde contre Queensberry, à l'Old Bailey, la foule s'écrasait et les journalistes affluaient, y compris de Paris et de New York. Le snobisme et le scandale étaient au rendez-vous.

Néanmoins, les initiés savaient qu'en arrière-plan de l'affaire se dessinait la fin tragique du frère aîné de Douglas, l'héritier du titre et de la fortune du marquis de Queensberry, le jeune Drumlanrig, mort quelques mois plus tôt dans des circonstances mal éclaircies. À mots couverts, on parlait de certaines lettres de Queensberry mettant en cause lord Rosebery, devenu Premier ministre, où figuraient les noms de Gladstone, le chef du parti libéral et même celui de la reine Victoria. Un journaliste français, appelé par mégarde à siéger dans le grand jury qui avait à décider s'il y avait lieu de poursuivre Queensberry pour diffamation, avait eu connaissance de l'existence et du contenu de ces lettres, que les avocats de Wilde avaient malencontreusement versées aux débats pour illustrer le caractère odieux de Queensberry. Le journaliste avait aussitôt communiqué l'information à sa rédaction. La nouvelle, imprimée à Paris, avait été répandue à Londres. Ainsi, derrière l'affaire Wilde-Queensberry, on pressentait un scandale du même ordre, mais dont les conséquences politiques pouvaient être considérables : une affaire Rosebery-Queensberry.

Pareille perspective devait entraîner sur le destin judiciaire de Wilde des conséquences désastreuses. Il devenait impossible pour le ministre de l'Intérieur de ne pas poursuivre Wilde, sauf à paraître vouloir protéger le Premier ministre Rosebery contre les risques d'un procès où son nom pouvait être évoqué à propos de ses relations particulières avec le frère de lord Alfred Douglas. Politiquement, le gouvernement, pour échapper à toute accusation de complaisance envers Wilde, devait donc témoigner à son égard de la plus grande fermeté. Le ministre de l'Intérieur, Asquith, saisi par Queensberry des témoignages réunis contre Wilde, demanda qu'un mandat d'arrêt soit lancé contre lui. De la même nécessité relevait l'intervention extraordinaire du *Solicitor General*, chef du parquet, sir Franck Lockwood, qui vint soutenir lui-même l'accusation contre Wilde dans le second procès qui aboutit à sa condamnation. Judiciairement, rien ne justifiait pareille intervention à l'audience, contraire à tous les usages de la justice anglaise. Il ne s'agissait que d'une simple affaire de mœurs, sans aucune circonstance aggravante. Mais, ami de lord Rosebery, membre comme lui du parti libéral, Lockwood lui devait sa nomination. De surcroît, son neveu par alliance, le jeune Maurice Schwabe, faisait partie du cercle des intimes de Wilde et avait été mis en cause par l'un des témoins, qui avait déclaré l'avoir vu dans le lit de Wilde. Sir Franck Lockwood considéra que, pour prévenir toute rumeur de complaisance de sa part envers Wilde, le mieux était de porter lui-même l'accusation à l'audience et de se montrer impitoyable. Ce qu'il fit avec tout l'éclat d'un talent réputé et l'autorité attachée à sa fonction. Vainement, sir Edward Clarke, l'avocat de Wilde, qui avait assumé la même charge, s'emporta contre ce qu'il considérait de la part du *Solicitor General* du Royaume comme un manquement grave à la tradition et au fair-play. L'intérêt politique et personnel de sir Franck Lockwood l'emporta. Et il n'hésita pas à user contre Wilde du privilège du *Solicitor General* : s'adresser le dernier au jury. « Droit étrange et injuste, s'écria Clarke, que jamais je n'ai utilisé quand j'exerçais cette fonction. » Sir Franck Lockwood s'en prévalut cependant dans une ultime et féroce intervention avant la clôture des débats.

Hors de l'audience, le zèle déployé par l'accusation pour perdre Wilde fut aussi remarquable. L'accusation reposait pour l'essentiel sur les dépositions de jeunes prostitués que le détective privé de Queensberry, Littlejohn, avait retrouvés dans les basfonds de Londres. Ils étaient connus des services de police. Certains pratiquaient le chantage. La plupart s'avouaient sans travail régulier. Tous étaient majeurs, et tous coupables, non seulement des actes commis avec Wilde, mais avec d'autres *gentlemen*. La police le savait parfaitement. Aucun d'entre eux ne fut cependant poursuivi. Pour s'assurer de leur présence et de leur complaisance à l'audience, la police régla leurs frais de séjour à Londres pendant la durée du procès. Et pour leur donner meilleure allure à l'audience, certains d'entre eux furent habillés de neuf, aux frais de l'État. Ainsi, rien ne fut ménagé par les autorités pour arracher la condamnation de Wilde.

Du côté des juges, absolument indépendants, en Angleterre, du gouvernement, mais qui appartenaient au même milieu judiciaire que les avocats de la Couronne et le *Solicitor General*, aucune rigueur ne fut épargnée à Wilde. Après son arrestation, le juge sir John Bridge refusa de le mettre en liberté sous caution, bien qu'il fût régulièrement domicilié à Londres et offrît caution. De même, au terme du premier procès dirigé contre Wilde, lorsque l'affaire avait été renvoyée faute pour les jurés d'avoir pu se mettre d'accord sur un verdict, le juge, tenu de remettre Wilde en liberté, fixa la caution à la somme énorme de cinq mille livres. Plus perfide encore fut la décision du juge Wills, lors du dernier procès de Wilde, de ne juger celui-ci qu'après qu'Alfred Taylor, son pourvoyeur en jeunes prostitués, eut été lui-même jugé. Ainsi, les jurés sauraient, au moins par les comptes rendus de presse, que Taylor tenait un établissement de prostitution pour homosexuels, dont Wilde était un habitué. Si, à l'inverse, comme l'avait demandé sir Edward Clarke, l'avocat de Wilde, celui-ci avait été jugé le premier, la culpabilité de Taylor n'aurait pu influencer les jurés. L'objectivité tant vantée de la justice anglaise était ainsi altérée, contre Wilde, par ceux qui s'en targuaient si hautement.

L'hostilité de l'opinion publique contre Wilde ne pouvait, de surcroît, qu'influencer les jurés et les juges, même s'ils s'en défendaient. La presse, surtout les journaux populaires, menait grande campagne contre Wilde et ses pareils, accusés de pervertir la belle jeunesse anglaise. Le public, à en juger par les lettres des lecteurs, était soulevé d'indignation par ces révélations. La morale victorienne était outragée, et tous les directeurs de conscience de l'opinion, dans les sermons et les éditoriaux, tonnaient contre l'impiété et l'immoralité des esthètes décadents que Wilde incarnait. La réserve traditionnelle de la presse britannique à l'égard des accusés avait disparu. Un quotidien alla même jusqu'à révéler au public les votes des jurés lors du délibéré du premier procès contre Wilde. Le fait était sans précédent et tombait sous le coup de la loi. Aucune poursuite ne fut néanmoins intentée contre le journal et aucune investigation entreprise pour déterminer quels jurés s'étaient rendus coupables d'un manquement si grave au secret des délibérations.

L'essentiel réside cependant ailleurs que dans ces manquements de la justice anglaise aux règles dont elle tirait une si légitime fierté. Si Wilde en effet avait été condamné à une peine légère, le déroulement du procès apparaîtrait critiquable, mais son issue ne soulèverait pas un vif sentiment d'injustice. Or Wilde a été condamné au maximum de la peine encourue. Et lorsque le juge Wills, en prononçant la peine, évoqua avec la dernière indignation « les charges horribles » établies contre lui, de quoi s'agissait-il en réalité ? D'avoir eu des rapports sexuels avec de jeunes gens, familiers de la prostitution clandestine, qu'il avait généreusement rémunérés. Bien mieux, Wilde les avait traités, ce qui était fort rare, avec un luxe d'attentions délicates. Il les avait invités dans les meilleurs restaurants et les meilleurs hôtels – ce qui lui fut reproché d'ailleurs à l'audience comme un facteur supplémentaire de corruption, puisque les jeunes gens des classes les plus basses de la société ne pouvaient, comme le rappelait l'avocat de Queensberry, maître Carson, être admis sans péril à goûter au luxe dont jouissaient les classes supérieures... Lors de ces rencontres, Wilde avait déployé à leur profit tous les trésors de son esprit. Il voulait les séduire et non pas seulement les acheter. À chacun il adressait, en souvenir de ces brèves rencontres, un porte-cigarettes en argent portant gravée une dédicace amicale. Pour qui savait comment les *gentlemen* de Londres traitaient à l'ordinaire de tels gitons, le contraste entre leur comportement méprisant, parfois brutal, et celui de Wilde était saisissant. On ne pouvait pas lui reprocher d'avoir « détourné » ces garçons : tous étaient des familiers de Taylor et de ses pratiques. Ni de les avoir « pervertis » : le terme n'avait pas de sens pour ces jeunes prostitués de Londres. Quand Wilde évoquait l'excitation qu'il ressentait en leur compagnie, comme s'il « festoyait avec des tigres », l'imagination de l'artiste faisait son œuvre. Ces fauves de boudoir n'étaient que médiocres voyous, petits voleurs, maîtres chanteurs et indicateurs. À la misérable réalité, celle de jeunes prostitués exploitant les passions et les frustrations de *gentlemen* honteux de leur homosexualité, le juge Wills, par sa rhétorique flamboyante, substituait le cliché de l'homme mûr, riche et célèbre, assouvissant ses vices avec de malheureux jeunes gens détournés par lui du droit chemin de la chasteté ou du mariage, et d'un honnête labeur. Peut-être le vieux juge, connu pour son austérité, éprouvait-il réellement les sentiments d'indignation qu'il exprimait avec tant de force. Mais que de naïveté alors dans son propos, à défaut d'hypocrisie !

Car, face à l'homosexualité, il n'était point de société en Europe dont l'attitude fût plus hypocrite que celle de l'Angleterre victorienne. Une loi de Henry VIII, datant de 1553, avait qualifié la sodomie de crime passible de la peine capitale. L'imputation visait même les hétérosexuels. Mais dans la réalité, c'étaient seulement les homosexuels que l'on poursuivait, sans que pour autant diminuât la pratique de l'homosexualité, notamment dans l'aristocratie. En 1828, la peine de mort, encore prononcée à l'époque à l'encontre de marins de la Royal Navy, fut remplacée par une peine de travaux forcés pouvant aller jusqu'à perpétuité. En 1885, à l'occasion de la discussion aux Communes d'une loi destinée à protéger les jeunes filles contre les proxénètes, un amendement fut déposé par le député Labouchère pour condamner « toute personne du sexe masculin qui, soit en public, soit en privé, aurait commis ou aidé à commettre, ou facilité, ou aidé à faciliter un acte obscène (*gross indecency*) avec une personne du même sexe[1] ». L'amendement fut adopté à l'unanimité et presque sans débat[2]. Ainsi, des pratiques homosexuelles, sans acte de sodomie, en privé entre adultes consentants, furent passibles de deux années d'emprisonnement, au régime du travail forcé. Telle fut la condamnation prononcée par le juge Wills qui exprima son regret que la loi ne lui permît pas de prononcer une peine plus sévère encore.

Dans le cas de Wilde, l'injustice procède encore d'une autre source : l'inégalité de traitement entre les justiciables. En vérité, les actes « gravement indécents » punis par la loi de 1885 étaient pratiques courantes dans les écoles et les universités où étaient élevés les fils de l'aristocratie anglaise. Chacun le savait dans le milieu judiciaire. Comme l'écrivait avec courage, au lendemain de la condamnation de Wilde, un journaliste « radical », W. Stead, faisant entendre une des très rares voix qui s'élevèrent en faveur de Wilde : « Si, au lieu de se laisser aller à des actes indécents avec les jeunes gens, Oscar Wilde avait simplement ruiné la vie d'une demi-douzaine de jeunes filles naïves, il n'aurait pas été poursuivi… Et si tous ceux qui sont coupables des actes reprochés à Wilde étaient envoyés comme lui en prison, il y aurait un surprenant exode d'Eton, Harrow, Rugby et Winchester vers Pentonville et Halloway. Mais dans nos *public*

1. Cf. Robert Merle, *Oscar Wilde ou la Destinée de l'homosexuel*, Paris, Gallimard, 1955, réédition en 1983, p. 195.

2. Jeffrey Weeks, *Sex, Politics and Society, the Regulation of Sexuality since 1800*, 2nd ed., Longman-London, p. 102.

schools, nos jeunes gens peuvent, en toute impunité, se livrer à des pratiques qui, lorsqu'ils quittent l'école, les vouent à la prison et au travail forcé[1]. »

La menace était toute théorique s'agissant des membres de l'*establishment* britannique. De temps à autre, lorsque le scandale était trop grand, des poursuites étaient entreprises qui aboutissaient rarement. La police londonienne, très au fait de ces pratiques, disposait, grâce aux prostitués dont elle tolérait l'activité, d'un vaste réseau d'indicateurs. Devant les liaisons notoires de certains homosexuels, pourvu qu'elles ne suscitent point un scandale public, la police préférait fermer les yeux. Ainsi, le directeur du Bureau de l'action publique soulignait dans un rapport, en 1889, « l'avantage pratique de ne point donner une publicité inutile à des actes obscènes entre hommes ». Mais en même temps, il s'interrogeait « sur le bien-fondé d'une attitude qui permettait à des adultes d'assouvir en privé leurs goûts contraires à la nature[2] ». Ainsi les pratiques homosexuelles réprimées par la loi étaient tolérées par la police, pourvu qu'elles demeurent ignorées du public. En fait, le premier effet de l'amendement Labouchère n'avait pas été de réduire l'homosexualité, ni la prostitution masculine. Il avait seulement multiplié les entreprises des maîtres chanteurs à l'encontre de

1. In *Trials of Oscar Wilde*, édité par H. Montgomery Hyde, *op. cit.*, p. 359. Les quatre collèges cités étaient les plus célèbres collèges d'Angleterre, Pentonville et Halloway, deux prisons de la région de Londres.

2. Jeffrey Weeks, *op. cit.*, p. 103.

gentlemen fortunés. L'amendement Labouchère avait fort mauvaise presse dans les milieux judiciaires, où l'on n'ignorait rien de l'attitude et des pratiques très sélectives de la police londonienne. La vertueuse indignation du juge Wills, stigmatisant les agissements « horribles » de Wilde, était peut-être sincère. Mais pour les initiés, de tels accents n'étaient que l'expression de l'hypocrisie des classes dirigeantes anglaises. À l'énoncé du jugement, quelques cris de protestation : « *Shame ! Shame !* » s'élevèrent. Mais hors de la salle, les hourras retentissaient dans les galeries du Palais de Justice, et, sur les marches du Palais, les applaudissements et les acclamations saluaient la condamnation de Wilde. Des prostituées, relevant leurs jupes, dansaient de joie en proférant des insultes obscènes à l'égard de Wilde et de ses pareils. La vérité se faisait ainsi brutalement jour. Rarement comme dans l'affaire Wilde, la justice aura sacrifié un bouc émissaire pour satisfaire les passions et les angoisses mal refoulées d'une société puritaine.

*
* *

Ce qu'il advint de Wilde est connu. Il purgea sa peine dans les prisons de Sa Majesté, pendant deux années. Vainement demanda-t-il sa grâce, reconnaissant dans un long mémoire de contrition, avoir commis les actes qu'on lui reprochait et plaidant l'érotomanie qui l'avait emporté. Vainement, quelques amis sollicitèrent l'indulgence pour lui. Le ministre resta inflexible. Wilde ne bénéficia d'aucune remise de peine, fût-ce d'un jour pour échapper à la curiosité des journalistes à sa sortie.

En revanche, ce qui est ignoré, c'est le régime pénitentiaire auquel Wilde fut soumis. Non qu'il fût plus sévère pour lui que pour les autres. Mais la prison victorienne, tombeau glacial où vivaient dans le silence et la pénombre des détenus isolés dans leur cellule, était implacable. Et Wilde, par son éducation, son goût du luxe et des plaisirs, son amour de la parole, son besoin d'admiration, devait ressentir cruellement le traitement carcéral auquel il fut soumis. Il avait cessé d'être Oscar Wilde. Il n'était plus qu'un détenu, le matricule C. 3. 3. Au dandy raffiné s'était substitué un personnage grotesque dans sa tenue pénitentiaire.

Quand Wilde quitta la prison, après deux années écoulées, il était brisé. Symboliquement, il choisit le pseudonyme de Sébastien Melmoth, le Juif errant, et s'exila. Il lui était interdit par jugement de voir ses fils qu'il adorait. Ils ne portaient plus son nom, mais celui de leur mère, Holland. À son propos, Gide écrivait : « La société sait bien s'y prendre quand elle veut supprimer un homme et connaît des moyens plus subtils que la mort. » La société victorienne avait supprimé celui qui l'avait tant divertie et bravée. La mort lui avait donné rendez-vous à sa sortie de prison. Elle l'attendait, *Hôtel d'Alsace*, rue des Beaux-Arts à Paris.

*

* *

C. 3. 3

Pareil destin a suscité depuis un siècle bien des ouvrages. Parti à la découverte du sort judiciaire de Wilde, j'ai vite mesuré que les recherches avaient été si minutieuses et les biographies de Wilde si complètes qu'il était vain d'espérer y ajouter des éléments nouveaux. Mais à lire ouvrages et documents, à dépouiller les procès-verbaux du procès et les archives pénitentiaires, j'ai ressenti profondément l'injustice dont Wilde avait été la victime, de la part d'une société sûre d'elle-même et intolérante. Parce que la scène judiciaire m'a été longtemps familière, même si la procédure anglaise diffère de la nôtre, parce qu'il m'était aisé de décrypter dans l'affaire Wilde les intérêts politiques en jeu, parce que je m'étais intéressé à la prison victorienne alors que j'étudiais la prison républicaine en France, il m'est apparu qu'il serait juste, un siècle après la tragédie qui a englouti Oscar Wilde, de la présenter au public français. Et comme Oscar Wilde était d'abord homme de théâtre, même à la ville, et qu'il a toujours conçu sa vie comme une œuvre dont il aurait été à la fois l'auteur et le héros, j'ai choisi de raconter l'histoire de sa chute sous la forme très libre d'une pièce de théâtre. Le lecteur me pardonnera cette audace. Qu'il y voie d'abord un hommage rendu à un écrivain talentueux, insupportable et généreux qui, parce qu'il était homosexuel, fut détruit par la justice de son pays.

C. 3. 3.

a été créée le samedi 14 octobre 1995
au Théâtre national de la Colline
dans une mise en scène de Jorge Lavelli
avec Roland Bertin de la Comédie-Française
dans le rôle d'Oscar Wilde
et les acteurs du Théâtre de la Colline.

PERSONNAGES

OSCAR WILDE, écrivain
LE SURVEILLANT-CHEF de la prison de Pentonville
UN GARDIEN de la prison de Pentonville
UN AUTRE GARDIEN de la prison de Pentonville
LE MÉDECIN de la prison de Pentonville
ROBERT ROSS, ami intime de Wilde
MAÎTRE TRAVERS HUMPHREYS, avoué de Wilde
LORD ALFRED DOUGLAS, amant de Wilde, surnommé BOSIE
MAÎTRE CHARLES RUSSELL, avoué du marquis de Queensberry
LITTLEJOHN, détective privé
LE DIRECTEUR de l'*Hôtel de Paris* à Monte-Carlo
BERNARD SHAW, écrivain, ami de Wilde
LE GREFFIER
LES DOUZE JURÉS
LE MARQUIS DE QUEENSBERRY, père de lord Alfred Douglas
UN POLICIER
SIR EDWARD CLARKE, avocat de Wilde
MAÎTRE EDWARD CARSON, avocat du marquis de Queensberry
LORD ASQUITH, ministre de l'Intérieur
SIR ROBERT REID, ministre de la Justice
SIR FRANCK LOCKWOOD, procureur général
UN INSPECTEUR DE POLICE

LE JUGE WILLS

UN DÉTENU ENCAGOULÉ, à la prison de Pentonville

RICHARD HALDANE, avocat, homme politique, ami de Wilde

SIR RUGGLES-BRISE, président de la Commission des prisons

LE DOCTEUR GOVER, médecin expert, en mission à la prison de Wandsworth

LE DOCTEUR QUENTIN, médecin de la prison de Wandsworth

ROBERT SHERARD, journaliste, écrivain, vieil ami de Wilde

UN GARDIEN de la prison de Wandsworth

CONSTANCE, épouse de Wilde

UN CLERC D'AVOUÉ

UN POLICIER EN UNIFORME

UN VOYAGEUR

SON ÉPOUSE

UN DEUXIÈME VOYAGEUR, inspecteur de Scotland Yard

UN TROISIÈME VOYAGEUR

LE MAJOR ISAACSON, directeur de la prison de Reading

UN SURVEILLANT de la prison de Reading

LE RÉVÉREND MARTIN T. FRIEND, chapelain de la prison de Reading

LE DOCTEUR OLIVER C. MAURICE, médecin de la prison de Reading

UN GARDIEN de la prison de Reading

UN DÉTENU de la prison de Reading

UN AUTRE GARDIEN de la prison de Reading

LE MAJOR NELSON, nouveau directeur de la prison de Reading

PROLOGUE

Scène 1

Au greffe de la prison de Pentonville.

LE SURVEILLANT-CHEF *(écrivant)* — Nom, prénom ?

WILDE — Wilde, Oscar.

LE SURVEILLANT-CHEF — Âge ?

WILDE — Quarante et un ans.

LE SURVEILLANT-CHEF — Situation de famille ?

WILDE — Marié, deux enfants.

LE SURVEILLANT-CHEF — Profession ?

WILDE — Écrivain.

LE SURVEILLANT-CHEF — Dernier domicile ?

WILDE — Tite Street, Londres.

LE SURVEILLANT-CHEF — Religion ?

WILDE — Anglicane.

LE SURVEILLANT-CHEF — Condamnation ?

WILDE — Deux ans de prison.

LE SURVEILLANT-CHEF — Date ?

WILDE — 25 mai 1895.

LE SURVEILLANT-CHEF — Motifs ?

WILDE *(après un instant d'hésitation)* — Actes obscènes sur adulte consentant.

LE SURVEILLANT-CHEF — Déjà condamné ?

WILDE — Non.

LE SURVEILLANT-CHEF — Instruction ?

WILDE — Diplômé d'Oxford.

LE SURVEILLANT-CHEF *(écrivant)* — Sait lire et écrire. *(Sans lever les yeux.)* Gardien, conduisez le condamné aux bains et à la visite médicale. Qu'il change de tenue. Vous reviendrez ensuite avec lui.

Wilde sort avec le gardien. Le surveillant-chef prend une autre feuille et se remet à écrire.

Scène 2

Dans le fond du plateau se déroule silencieusement la métamorphose de Wilde en détenu anonyme.

Wilde est conduit aux vestiaires. Son sac de voyage est vidé de son contenu, ses effets personnels inventoriés, son argent compté et placé avec sa montre et ses boutons de manchette dans une enveloppe. Le tout est jeté dans une toile nouée et mis dans un casier fermé.

Ensuite, Wilde est conduit aux bains. Devant les gardiens, il doit, lui, si gêné de son grand corps mou et de ses grosses hanches, se déshabiller. Il entre dans une baignoire écaillée, dont l'eau sale témoigne d'un usage antérieur. Un chiffon humide et noirâtre lui sert de serviette.

Le médecin de la prison l'examine. Il est mesuré sous la toise, pesé sur la balance. Il doit ouvrir la bouche pour montrer sa mauvaise dentition, tousser. Enfin, humiliation suprême, il lui faut se pencher en avant, écarter ses fesses, se prêter à un examen particulier de son intimité. Puis on lui coupe les cheveux à ras. Quand tout est achevé, tandis qu'il tremble de froid et de honte, le gardien lui tend la tenue pénitentiaire, les sous-vêtements gris et râpeux de laine brute, le costume informe de grosse toile, les souliers avachis. Une fois Wilde habillé, le gardien lui enfile une cagoule. Du dandy raffiné, il ne reste rien. Une silhouette grotesque a pris sa place.

Scène 3

Le greffe. Wilde entre à nouveau, méconnaissable, dans son costume pénitentiaire, cagoule sur le visage. Le surveillant-chef lui jette le même regard indifférent.

LE SURVEILLANT-CHEF *(prenant sur sa table une plaque de métal)* — Voici votre numéro, c'est celui de votre cellule. Dorénavant, nul ne doit plus vous appeler par votre nom, ni vous l'utiliser. Vous êtes ce numéro, compris ?

Wilde hoche la tête. Le gardien prend la plaque, la fixe sur le costume de Wilde.

LE SURVEILLANT-CHEF *(prenant un opuscule sur la table)* — Voici le règlement. Il est précis. Tout manquement entraîne une punition :

– 5 h 30	Réveil, toilette, nettoyage de la cellule.
– 6 heures	Travail.
– 7 heures	Petit déjeuner.
– 8 h 30	Prière à la chapelle, promenade dans la cour.
– 12 heures	Déjeuner.
– 12 h 30	Travail.
– 18 heures	Dîner.
– 19 heures	Extinction des lumières.

Vous ne devez jamais parler aux gardiens, sauf s'ils vous interrogent, ou en cas de nécessité absolue. Vous ne devez jamais vous adresser à un détenu ni lui répondre. Quand vous sortez de votre cellule, vous devez toujours porter la cagoule. Quand vous croisez un détenu, vous devez regarder le mur. Pendant trois mois, vous serez au secret. Pas de lettres, pas de visites, sauf celles de l'aumônier, du médecin et du directeur. Ensuite, vous pourrez recevoir une lettre par trimestre, et une visite de vingt minutes chaque mois. Tous les matins, vous assisterez à l'office religieux. Et deux fois le dimanche. Gardien, emmenez le prisonnier.

ACTE I

LE PIÈGE

Scène 1

Dans le bureau de maître Humphreys, avoué, à Londres.

ROSS — Mon cher maître, je vous remercie d'avoir accepté de nous recevoir si vite.

Je suis venu avec lord Alfred Douglas, un ami d'Oscar, que cette affaire intéresse tout particulièrement. Oscar doit nous rejoindre aussitôt que possible.

Voici le « corps du délit ». *(Il pose une enveloppe sur le bureau.)* Ce matin, au club de Wilde, le marquis de Queensberry, le père de lord Douglas, a remis au portier cette carte adressée à Oscar. Wright, le portier, a été si choqué par son libellé qu'il l'a aussitôt mise sous enveloppe.

HUMPHREYS *(tire de l'enveloppe une carte de visite et lit lentement)* — « À Oscar Wilde, posant au "somdomite" ».

ROSS — Oui. Le marquis de Queensberry connaît mieux les règles de la boxe que celles de l'orthographe.

HUMPHREYS *(reposant la carte sur la table)* — Il demande à voir M. Wilde. Lui a-t-il répondu ?

ROSS — Certainement pas. Queensberry poursuit Oscar de sa haine depuis des mois. Il le diffame en tout lieu. Il est venu l'insulter jusque chez lui. Il a tenté de faire un scandale au Théâtre Saint-James, il y a quinze jours lors de la première de sa pièce. Et maintenant, il dépose cette carte ouverte à son club. Oscar est las de ce maniaque. Que doit-il faire ?

HUMPHREYS — Eh bien, il pourrait déchirer cette carte ridicule, et l'oublier.

DOUGLAS *(très nerveux)* — Vous n'y songez pas ! C'est la meilleure chose qui pouvait nous arriver. Mon père nous a fourni lui-même la preuve de ses diffamations. Nous le tenons enfin ! Il faut le faire condamner, l'envoyer en prison, le réduire au silence !

ROSS *(furieux)* — Vous ne voyez donc pas, Bosie, que votre père tend un piège à Oscar ? Les mots qu'il utilise sont ceux que son avoué lui a dictés. Il a déjà sans doute rassemblé des témoins et des preuves.

DOUGLAS *(le coupant)* — Des témoins de quoi ? Des preuves de quoi ?

ROSS — Bosie, vous savez mieux que personne de quoi je parle ! Revenez sur terre et ne poussez pas Oscar dans l'arène judiciaire où ses ennemis l'attendent. Toute sa vie, Oscar s'est moqué de la société hypocrite dans laquelle nous vivons. Et maintenant, il irait lui demander la protection de ses lois ? Ce rôle-là n'est pas fait pour lui. S'il jouait les procureurs de vertu, rien de bien n'en pourrait résulter. Et je ne parle pas du pire…

DOUGLAS — Cela veut dire quoi, le pire ?

ROSS — Je n'ai pas besoin de vous rappeler, dans ce bureau, la loi de 1885. Tout acte d'homosexualité entre adultes consentants est passible d'une peine de deux années de prison.

DOUGLAS — Mais jamais, si l'on ne met un terme brutal à ses agissements, jamais mon père ne s'arrêtera ! C'est un maniaque, un fou furieux. Il a ruiné la vie de ma mère. Il a conduit au suicide mon frère aîné. Il ne lui avait jamais pardonné que la reine l'ait élevé à la dignité de pair d'Angleterre, alors que les lords écossais avaient refusé de le réélire, lui, à la Chambre des lords. Il s'est convaincu que mon frère devait son titre à une liaison secrète avec lord Rosebery, notre Premier ministre, dont il était le secrétaire particulier. Et il n'a cessé de les harceler, de les menacer jusqu'à ce jour d'automne dernier où mon frère a été trouvé mort au cours d'une partie de chasse. On a dit que c'était un accident. Mais il s'est suicidé, j'en suis sûr, pour échapper à la persécution de mon père. Voilà pourquoi il ne laissera jamais Oscar en repos, parce qu'il voit en lui un autre Rosebery et qu'il veut se venger de la mort de mon frère dont le sang l'étouffe. Mais moi, je ne suis pas comme mon frère. Je ne me tuerai pas. Je briserai mon père à la barre des témoins, devant toute l'Angleterre. C'est seulement quand je l'aurai montré tel qu'il est, une ignoble brute, et quand il aura été condamné, que mon frère sera vengé et qu'Oscar aura la paix. Et moi aussi.

Pendant cette tirade, Wilde, très élégant, redingote et lys blanc à la boutonnière, est entré dans le bureau. Il s'est immobilisé dans l'encadrement de la porte. À la fin du propos de Douglas, Wilde s'approche de celui-ci, lui prend la main et la baise.

HUMPHREYS *(glacial)* — Puis-je vous faire remarquer, lord Douglas, que ce n'est pas vous, mais M. Wilde qui est en cause, et que c'est à lui seul de prendre la décision ?

DOUGLAS — Mais elle est prise sa décision, c'est celle que je viens de vous dire, n'est-ce pas Oscar ?

WILDE *(hésitant)* — Je souhaite d'abord connaître votre avis, maître Humphreys. Vous le voyez, mes amis sont divisés. Robbie est contre le procès, Bosie en rêve. Et vous, qu'en pensez-vous ?

HUMPHREYS *(gravement)* — Je serai précis, monsieur Wilde. Dire de quelqu'un publiquement, en Angleterre, qu'il pose au sodomite constitue une grave diffamation.

DOUGLAS *(exultant)* — Vous voyez, Oscar, je vous l'avais dit.

HUMPHREYS *(avec un petit geste d'énervement à l'encontre de Douglas)* — Mais attention, tous les mots comptent. Queensberry n'a pas écrit « sodomite », mais « posant au sodomite ». La différence est considérable.

WILDE *(ironiquement)* — Vraiment, maître Humphreys ?

HUMPHREYS — Oui, monsieur Wilde. Pour être acquitté, Queensberry n'aura pas à prouver que vous avez commis des actes de sodomie, mais seulement que vous jouez au sodomite.

WILDE — Pourriez-vous m'expliquer les règles de ce jeu ? Cela doit être passionnant.

HUMPHREYS *(un peu vexé)* — Monsieur Wilde, Queensberry peut-il prouver par des écrits ou par des témoins que vous vous complaisez à jouer les homosexuels ? Vous seul pouvez répondre, ou vos amis les plus proches. Je ne peux le faire à votre place.

WILDE — Vous me tentez, maître Humphreys. Voir comment Queensberry ou ses avocats s'y prendraient pour établir que je pose au sodomite – je dis bien *poser* – quel passionnant spectacle cela serait !

ROSS — Excusez-moi d'intervenir, maître Humphreys, mais il y a une question préalable à régler, je veux dire le montant des frais et honoraires. Parce qu'Oscar n'a rien, que des dettes.

HUMPHREYS — Je pensais qu'avec deux comédies qui triomphent en ce moment dans le West End la question d'argent ne se posait pas pour M. Wilde.

WILDE — Quelle erreur, mon cher maître. Plus on gagne et plus on peut dépenser ! À ce jeu-là, mes succès sont ma ruine. Robbie a raison. Je suis criblé de dettes.

DOUGLAS — Je vous en prie, Oscar, ne revenons pas là-dessus. Ma mère s'est engagée à régler tous les frais. Ce procès est aussi le nôtre, puisque c'est mon père que vous ferez condamner.

HUMPHREYS — À ce propos, monsieur Wilde, je dois vous dire que pour un tel procès il vous faut un grand stratège de l'audience, un maître du barreau. Ne serait-ce que parce que lord Queensberry a certainement déjà retenu les services de l'un d'eux.

DOUGLAS — Il est assez riche et vindicatif pour s'offrir le meilleur, je veux dire le plus féroce.

HUMPHREYS — Alors, ce sera Carson.

WILDE *(s'exclamant)* — Edward Carson ? Incroyable ! Je le connais depuis toujours. Nous avons fait nos études ensemble, au Trinity College de Dublin.

HUMPHREYS — C'est bien lui. Mais peut-être, compte tenu de vos anciens liens, refusera-t-il de plaider contre vous ?

WILDE — Bien au contraire. Carson est assoiffé de succès. Plaider contre Oscar Wilde, quelle chance pour lui ! Et quel plaisir. Aider ses amis dans la peine, c'est aisé, mais supporter leur succès, c'est héroïque. Or Carson est tout sauf, moralement, un héros. Je le vois déjà m'interrogeant au procès avec la dose de cruauté supplémentaire que peut nourrir une ancienne amitié. Alors qui me suggérez-vous, maître Humphreys, comme avocat face au redoutable Carson ?

HUMPHREYS — Dans une affaire, disons si particulière…

WILDE *(riant)* — C'est bien le terme approprié…

HUMPHREYS *(patiemment)* — Il ne faut pas seulement un homme brillant, un homme de talent, mais un homme d'une moralité indiscutable.

WILDE — Il existerait encore une telle vertu, en notre triste siècle ?

HUMPHREYS — Je ne vois guère que sir Edward Clarke.

WILDE — L'ancien procureur général ?

HUMPHREYS — Oui.

WILDE — Si c'est lui, votre titan de la barre, pourquoi pas ? Avec ses formidables favoris et ses sourcils en bataille, quel juré oserait mettre en doute ses propos ? L'idée est excellente, maître Humphreys. Vous avez mon accord.

HUMPHREYS — J'en étais convaincu, monsieur Wilde, mais c'est plutôt le sien dont je voudrais être sûr.

WILDE — Ses honoraires sont si élevés que cela ?

HUMPHREYS — Monsieur Wilde, sir Edmond Clarke est foncièrement désintéressé. Mais il exècre l'homosexualité.

WILDE — Compte tenu de son apparence, je ne saurais l'en blâmer.

HUMPHREYS — Je vous en prie, monsieur Wilde. Je voulais dire par là qu'il n'acceptera de plaider pour vous qu'à la condition d'être sûr que ce que l'on murmure à votre sujet est mensonger.

WILDE — Vous avez dit « murmure », maître Humphreys ?

HUMPHREYS — Vous m'avez compris, monsieur Wilde. Sir Edmond Clarke vous demandera de lui donner votre parole de *gentleman* anglais que vous êtes totalement innocent des accusations que certains portent contre vous.

WILDE *(se dressant de toute sa taille, avec un certain sourire)* — Je suis irlandais, maître Humphreys, mais je vous donne bien volontiers ma parole de *gentleman*.

Scène 2

Chez maître Russell, avoué de Queensberry.

RUSSELL — Très bon travail ! Je vous félicite, Littlejohn. Le marquis de Queensberry sera content, très content.

LITTLEJOHN *(jouant les modestes)* — Disons que j'ai eu de la chance, maître Russell, voilà tout.

RUSSELL *(souriant)* — Vous l'avez un peu aidée cette chance, n'est-ce pas ? Mais comment vous êtes-vous procuré ces noms et ces adresses ?

LITTLEJOHN — Par une fille. Elle déteste tous les invertis. Elle dit qu'ils ruinent son commerce. Charles Brookfield, l'acteur, m'a dit qu'elle en savait long sur Wilde et ses mignons.

RUSSELL — Brookfield ? Mais c'est un ami de Wilde ! Il joue une de ses pièces au Théâtre Haymarket.

LITTLEJOHN — Vous savez, dans ce genre d'affaires, rien ne vaut les tuyaux d'un ami. Ils sont presque toujours bons. Moyennant quelques livres, la fille m'a donné l'adresse d'Alfred Taylor à Little

College Street. Elle m'a dit que je trouverais là ce que je cherchais. J'y suis allé. Une vieille, une vraie tête de sorcière, a entrouvert la porte. Elle s'est montrée très vite compréhensive. Elle m'a donné tous les détails, sur Taylor, sur ses parties fines avec des travestis, sur les visites de Wilde. Malgré tout, elle ne ferait pas un bon témoin au tribunal. Trop l'air d'une vieille entremetteuse. Et puis, elle doit avoir un casier judiciaire long comme le bras. Ce que je voulais, c'étaient les noms et les adresses des garçons. Elle s'est fait un peu prier, si vous voyez ce que je veux dire, puis elle m'a laissé prendre cette boîte.

Il montre la grosse boîte ouverte sur la table.

RUSSELL *(tirant une fiche après l'autre de la boîte)* — William Allen, Robert Clibborn, Charles Parker, Alfred Wood, Alphonse Conway, Walter Grainger. *(Il laisse retomber le couvercle.)* Et vous les avez tous retrouvés ?

LITTLEJOHN — Ce n'était pas difficile. Les adresses sont au dos des fiches.

RUSSELL — Et Taylor ?

LITTLEJOHN — Il fournit les garçons et aussi le logis quand il faut. Curieux type d'ailleurs, de bonne famille, de bonnes études, un bon héritage. Il a tout flambé, tout gâché. Le vice, quoi. Il est connu à Scotland Yard. On l'a arrêté il y a peu de temps, un scandale, avec un faux mariage, des travestis, si vous voyez ce que je veux dire...

RUSSELL — Quelle dégoûtation. Et Wilde ?

LITTLEJOHN — Taylor était son entremetteur. Je pense que c'est tout. Peu importe d'ailleurs. Avec ceux que vous avez là, et leurs déclarations signées, l'affaire est bouclée.

RUSSELL — Vous êtes sûr qu'ils ne vont pas se dérober à l'audience ?

LITTLEJOHN — Pas de danger. Je leur ai parlé comme il fallait, si vous voyez ce que je veux dire. Et puis je les ai logés chez une personne sûre, qui les aura à l'œil jusqu'au procès.

Entre maître Carson.

RUSSELL — Eh bien, maître Carson, je crois que nous tenons Wilde. Tant que nous n'avions que les lettres de Wilde à Douglas et ces poèmes, je n'étais pas sûr du succès. Je me disais : « Wilde va nous faire son numéro habituel sur l'art pour l'art, le droit pour l'artiste de dire tout et son contraire, et l'admirable civilisation de la Grèce antique. À ce jeu-là, il est meilleur que nous tous. Ce qu'il nous faut, c'est la preuve indiscutable qu'il couche avec des jeunes gens. Sans preuves, Wilde nous roulera dans la farine… »

LITTLEJOHN — Eh bien, maître Russell, vous les avez maintenant ces preuves. Et vous, maître Carson, êtes-vous satisfait ?

CARSON — Comblé, Littlejohn, comblé. Des faits, il y en a plus qu'il n'en faut. Et comme preuves, nous aurons les garçons eux-mêmes. Quelle audience en perspective ! Ah, Wilde voulait que justice soit faite. Eh bien, elle le sera, et contre lui, le pauvre fou !

Scène 3

*Une suite de l'*Hôtel de Paris *à Monte-Carlo.*

BOSIE *(reposant sa tasse)* — Pouah ! Ce café est froid.

WILDE — Il t'attend depuis longtemps, lui aussi. Tu n'as qu'à sonner. On t'en servira un autre.

BOSIE *(montrant de la tête la porte sur le côté droit)* — Tu es seul ? Il est déjà parti ?

WILDE — Oui. Son bateau levait l'ancre à l'aube.

BOSIE *(ricanant)* — Vive la flotte ! La nuit a été bonne ?

WILDE *(impassible)* — Sûrement meilleure que la tienne à en juger par ta mine. Inutile de te demander si tu as perdu.

BOSIE *(toujours ricanant)* — Tu veux dire *tout* perdu ? *(Il fouille dans ses poches et tire deux billets froissés.)* Voilà ce qu'il me reste : deux livres.

WILDE — Tu as gardé le pourboire du croupier ?

BOSIE — C'est un magicien du râteau d'ivoire. Je n'ai jamais vu quelqu'un ramasser aussi vite autant d'or. Absolument fascinant à voir.

WILDE — Je n'en doute pas. Mais le spectacle coûte cher.

BOSIE — Je réparerai cette erreur dès ce soir.

WILDE — Parce que tu comptes recommencer ?

BOSIE — Évidemment. La chance tourne, même à Monte-Carlo. Il suffit d'être là au bon moment.

WILDE — Dommage que ce ne soit jamais ton cas, apparemment. Puis-je te demander avec quel argent tu penses ce soir faire offrande à la déesse Fortune, bien mal nommée en ce qui te concerne ?

BOSIE — Mais avec le tien, Oscar, évidemment. Tu sais bien que je te rendrai tout au décuple dès que j'aurai gagné.

WILDE — Cette généreuse intention me comble, Bosie. Je crains malheureusement qu'elle ne puisse se réaliser. Il me reste à peine de quoi payer l'hôtel.

BOSIE *(ricanant)* — La marine t'a coûté si cher ?

WILDE — Infiniment moins que toi, et elle m'a donné beaucoup plus.

BOSIE — Que veux-tu Oscar ! Je suis comme toi. Je n'aime, moi aussi, que les jeunes gens.

WILDE — À mes frais.

BOSIE — Allons, Oscar, ne sois pas bourgeois. J'ai horreur de compter.

WILDE — De payer aussi, il me semble. Tu sais à combien s'est élevée la note de notre week-end à Paris ? Cent vingt livres ! De quoi faire vivre une famille pendant un mois.

BOSIE — Continue, Oscar, tu m'enchantes. Je te vois déjà avec Constance dans une boutique d'antiquités, tenant tes petits comptes bien à jour.

WILDE — Tout le monde n'a pas la chance d'être le petit-fils de lord Alfred Montgomery et le fils d'un marquis écossais, dix-huitième héritier du titre. À propos, ta mère n'a pas réglé ses honoraires à maître Humphreys, comme tu me l'avais annoncé.

BOSIE — Pure négligence. Ce sera fait dès mon retour. Mais je ne pense pas qu'Humphreys t'écrive seulement pour te parler honoraires ?

WILDE — Non. Il s'inquiète beaucoup de nous savoir ici. Il dit que m'exhiber à Monte-Carlo avec toi, à quinze jours du procès, est une provocation inutile. Il redoute des échos féroces sur tes pertes à la roulette.

BOSIE — Et sur tes beaux marins aussi, sans doute ?

WILDE — Puis-je te faire remarquer à ce sujet, Bosie, qu'il n'est pas indispensable que tu t'affiches au bar de l'hôtel avec Henri ?

BOSIE — Pourquoi ? Je le trouve si mignon avec son grand col bleu. Toi aussi n'est-ce pas ? Et tu as toujours dit que la seule façon de faire taire la médisance, c'était de la justifier.

WILDE — S'agissant de littérature, tu y parviendras aisément. J'ai lu ton dernier sonnet dans *Le Caméléon*. Je l'ai trouvé aussi médiocre que le précédent. Cela n'a guère d'importance d'ailleurs. Quel est le tirage du *Caméléon* ? Cent exemplaires ?

BOSIE — Assez en tout cas pour que mon père en ait reçu un.

WILDE — Tu es fou ! Tu imagines l'effet de cette revue s'il la produit à l'audience ?

BOSIE — Je l'espère bien. Quand je serai à la barre des témoins, tu verras quel parti je tirerai de mes sonnets. À l'artiste, tout est permis, tu me l'as souvent répété à Londres, à Paris, à Florence, à Alger. Et la meilleure façon de vaincre le philistin, c'est de le mépriser. C'est bien ce que je fais, Oscar. Je suis ton disciple chéri, n'est-il pas vrai, Oscar ?

Et le maître ne doit pas décevoir son disciple, c'est la règle du jeu.

On frappe à la porte.

WILDE — Entrez.

Entre le directeur de l'hôtel, en jaquette, très empressé.

LE DIRECTEUR — Je vous prie de m'excuser, monsieur Wilde. Et vous aussi lord Douglas. Je suis navré d'avoir à vous dire que nous avons dû louer votre suite. De très bons clients nous l'avaient réservée, et ils viennent de confirmer.

WILDE — C'est fâcheux. Elle nous convenait très bien. Eh bien, donnez-nous un autre appartement.

LE DIRECTEUR — Je crains que tous ne soient occupés, monsieur Wilde.

WILDE — Alors une chambre, avec vue, bien sûr.

LE DIRECTEUR — Vous me voyez navré, monsieur Wilde, absolument navré. Toutes les chambres sont occupées.

WILDE *(le toisant)* — Ah, je comprends, monsieur le directeur… Vous voulez dire que nous devons quitter l'hôtel ?

LE DIRECTEUR — J'en suis désolé, monsieur Wilde, mais je le crains.

WILDE — Tout de suite ?

LE DIRECTEUR — Avant midi en tout cas, monsieur Wilde. Croyez bien que j'en suis au regret.

BOSIE — Et la vraie cause de cette soudaine occupation de votre hôtel s'appelle lady Beaconsfield, n'est-ce pas ? J'ai vu comme cette vieille peste me regardait à travers son pince-nez dans le grand salon, quand je prenais le thé avec Henri.

LE DIRECTEUR — Il n'en est rien, lord Douglas. Certes, nous avons eu certaines remarques de clients anglais à votre sujet, mais ça n'a rien à voir avec ce regrettable contretemps.

WILDE — Eh bien, Bosie, la trompette résonne au-dessus des remparts de Monte-Carlo et nous appelle au combat. Nous partons, monsieur le directeur, faites-moi porter la note.

LE DIRECTEUR *(la sortant de sa poche)* — Elle est prête, monsieur Wilde.

WILDE *(jetant un coup d'œil)* — Fichtre, cent soixante livres ! Eh bien, Bosie, nous pouvons partir sans regret. Nous sommes à fond de cale.

BOSIE — Et dire que j'aurais pu tout regagner avec cet argent. Vraiment, Oscar, tu es trop bête.

WILDE *(avec une soudaine tendresse)* — Et toi, Bosie, tu es incorrigible.

Scène 4

Au Café Royal, *à Londres.*

ROSS — Vous me terrifiez, vous me terrifiez ! Oscar, vous pensez vraiment que Queensberry détient des lettres de vous à Douglas ?

WILDE — Au moins leur copie, j'en suis convaincu.

ROSS — Mais comment se les est-il procurées ?

WILDE — Il les a achetées tout simplement.

ROSS — À qui ?

WILDE — Oh, c'est une histoire très divertissante. Bosie a oublié ces lettres dans une veste dont il a fait cadeau à l'un de ses petits amis. Celui-ci a lu ces lettres, et un de ses copains est venu me les offrir. Contre de l'argent bien sûr ! Un chantage.

ROSS — J'espère que vous les avez rachetées.

WILDE — Pas toutes, malheureusement. Ils avaient gardé la plus belle. Un jour, un autre membre de la bande est venu me trouver avec la lettre. Il m'a demandé une somme considérable, cent livres. Je lui ai dit en riant que personne n'avait jamais payé un tel prix pour deux pages de moi. Pour couper court au chantage, j'ai ajouté que ce n'était qu'une sorte de poème en prose, un brouillon dont j'avais ensuite tiré un sonnet. Le pauvre garçon n'a évidemment rien compris à cette histoire. Je lui ai donné deux livres pour son dérangement et il est reparti. Un peu plus tard, un autre petit voyou, très joli d'ailleurs, m'a apporté la lettre, en cadeau disait-il, parce que j'avais été gentil avec son copain. Je l'ai remercié, j'ai pris la lettre, elle était toute froissée et salie, sans doute parce qu'elle avait beaucoup circulé. Je lui ai donné cinq livres. Il avait l'air très content. Moi, j'ai beaucoup ri, je trouvais l'histoire très drôle… Pas vous, Robbie, apparemment.

ROSS — Pas du tout. Et vous pensez que ces garçons ont vendu une copie de ces lettres à Queensberry ?

WILDE — J'en suis convaincu. Ils font argent de tout, ils sont totalement dépourvus de sens moral. Heureusement.

ROSS — Oscar, vous imaginez l'effet que vont produire ces lettres sur des jurés ?

WILDE — Je crains que leur considérable valeur littéraire ne leur échappe.

ROSS — Vous ne voulez pas voir l'abîme vers lequel vous courez. Vous n'avez qu'une chose à faire : abandonner ce procès absurde, publier une lettre dans le *Times* ridiculisant Queensberry, mettre les rieurs de votre côté, et gagner la France par le premier bateau. Là au moins, vous ne risquerez ni poursuites, ni extradition. Et emmenez votre femme avec vous, si elle y consent, elle est votre meilleur alibi.

WILDE — Vous êtes incroyable, Robbie ! Quand je suis parti à Monte-Carlo, il y a quelques semaines, vous m'avez reproché de quitter Londres. Et maintenant que j'y suis, vous me dites d'aller à Paris. Pourquoi êtes-vous si versatile ? *(Se tournant vers Shaw, qui fume sa pipe.)* Et vous, cher Bernard Shaw, vous pensez aussi que je vais être brûlé, comme la pauvre Sainte Jeanne ?

SHAW — À défaut d'être vierge, je crois, Oscar, que vous ferez un assez bon martyr. En vérité, vous n'avez tout simplement pas l'ombre d'une chance contre ce nabot de Queensberry. Vous êtes du mauvais côté, Oscar. Vous incarnez tout ce que des jurés anglais peuvent détester : l'intelligence, l'art et la perversité. Et Queensberry joue le meilleur rôle qui soit dans un drame bourgeois : le père offensé qui veut arracher son fils à un horrible séducteur. C'est encore mieux que *La Dame aux camélias*. Vous croyez que vous charmerez les jurés, Oscar, parce que vous avez toujours séduit vos interlocuteurs. Mais ce ne sera pas un dîner, ni un salon. Ce seront vos juges, et vous serez à l'audience dans une de ces sinistres salles du Palais de Justice. Et ce ne sera pas une aimable lady ou un esthète raffiné que vous aurez devant vous, ce sera maître Carson, sur son terrain, avec sa cruauté professionnelle. Et il vous écrasera, Oscar. Au mieux, vous en sortirez déshonoré. Au pire, vous vous retrouverez en prison.

Oscar Wilde, visiblement ébranlé, pose son cognac sur la table. Depuis un moment, Douglas est là, dissimulé, il bondit.

DOUGLAS *(hors de lui)* — Quelle honte, messieurs, de parler ainsi ! Oscar serait le dernier des lâches s'il reculait devant mon père. Vous verrez à l'audience ce qui se passera quand je dirai la canaille immonde qu'il est. Il sera détruit à jamais. Et vous voudriez qu'Oscar abandonne la partie, qu'il s'enfuie ? Non ! Vous n'êtes pas ses amis, vous êtes des pleutres et des mauvais conseillers.

ROSS *(se levant)* — Que voulez-vous dire ?

Douglas tourne les talons et marche très vite vers la porte de la salle.

WILDE *(courant derrière Douglas)* — Bosie, Bosie, attends-moi !

SHAW *(regardant Ross)* — Il est perdu.

ACTE II

LA CHUTE

Scène 1

Une salle d'audience à l'Old Bailey.

CARSON — Monsieur Wilde, quand vous avez rencontré lord Alfred Douglas, quel âge avait-il ?

WILDE — Vingt ans, je crois.

CARSON — Et vous trente-huit ans, n'est-ce pas ? Vous avez voyagé ensemble, séjourné ensemble dans diverses localités en Angleterre ?

WILDE — Oui.

CARSON — Et dans certains hôtels à Londres ?

WILDE — Oui. À l'*Albermale* et au *Savoy*.

CARSON — Vous vous êtes rendus ensemble à l'étranger ?

WILDE — Cela nous est arrivé.

CARSON — Et tout récemment encore, à Monte-Carlo ?

WILDE — C'est exact.

CARSON *(exhibant une revue)* — Vous connaissez cette revue, *Le Caméléon* ? *(Wilde opine de la tête.)* Lord Douglas y a publié deux poèmes : « En l'honneur de la honte » et « Deux amours ». Vous les trouvez indécents ?

WILDE — Ce sont des poèmes d'une extrême beauté.

CARSON — Dans le même numéro figure une nouvelle, « Le prêtre et l'enfant de chœur ». Vous l'avez lue ?

WILDE — Oui.

CARSON — L'auteur raconte comment un prêtre s'éprend d'un enfant de chœur et lui fait boire, au cours de la messe, un vin empoisonné. Cette histoire vous paraît-elle blasphématoire ?

WILDE — Je trouve cette nouvelle détestable d'un point de vue littéraire, ce qui est bien pire.

CARSON — Vous êtes indifférent à la portée morale d'une œuvre ?

WILDE — Tout à fait. Quand j'écris, je ne m'intéresse ni au bien ni au mal, seulement à la beauté.

CARSON — Dans la même revue, vous avez publié quelques maximes à l'usage de la jeunesse. En voici une : « La perversité est un mythe inventé par les gens de bien, pour expliquer le curieux attrait éprouvé par d'autres. » Vous croyez que c'est vrai ?

WILDE — Ce que j'écris est rarement vrai.

CARSON — Dans votre roman *Le Portrait de Dorian Gray*, je lis ceci : « Il n'existe aucun livre qu'on puisse appeler moral ou immoral. Les livres sont bien écrits ou mal écrits, c'est tout. » C'est bien votre opinion ?

WILDE — Mes vues sur l'art, oui.

CARSON — Un roman pervers peut donc être un bon livre ?

WILDE — J'ignore ce qu'est un roman « pervers ».

CARSON — Eh bien, je suggérerai que *Le Portrait de Dorian Gray* puisse être considéré comme tel.

WILDE — Les vues des philistins sur l'art, maître Carson, sont incroyablement bornées…

CARSON — Messieurs les jurés apprécieront. Permettez-moi de vous lire cet extrait : « Asseyez-vous Dorian, dit Hallward, pâle et affligé. Je dois avouer que je vous ai adoré, follement, extravagamment, absurdement. » Monsieur Wilde, avez-vous jamais éprouvé le sentiment que vous décrivez ?

WILDE — Certainement pas. Je n'ai jamais adoré personne, sauf moi-même.

Rires dans le public de la salle d'audience.

CARSON — Poursuivons : « J'étais jaloux de tous ceux auxquels vous parliez. » Avez-vous été jaloux d'un jeune homme, monsieur Wilde ?

WILDE — Jamais de ma vie !

CARSON — « Je vous voulais tout à moi. » Avez-vous jamais éprouvé ce sentiment, monsieur Wilde ?

WILDE — Assurément pas. Ce serait mortellement ennuyeux.

Rires dans le public de la salle d'audience.

CARSON — Passons à cette lettre que vous avez adressée à lord Alfred Douglas. Pourquoi un homme de votre âge écrit-il à un jeune homme de vingt ans « mon garçon à moi » ?

WILDE — Parce que j'avais beaucoup d'affection pour lui.

CARSON — Vous l'adoriez, selon votre expression ?

WILDE — Non, mais je l'ai toujours beaucoup aimé. Cette lettre, maître Carson, est en vérité un poème, pas une simple lettre. Vous pourriez aussi bien me demander si *Le Roi Lear* ou les sonnets de Shakespeare sont convenables. Vous connaissez les sonnets de Shakespeare, je pense ?

CARSON — Supposons qu'un homme qui ne serait pas un artiste ait écrit cette lettre, vous la trouveriez convenable ?

WILDE — Un homme qui ne serait pas un artiste n'aurait jamais écrit une telle lettre.

CARSON — Je ne vois pas cependant où est l'art dans une phrase comme celle-ci : « Tes lèvres rouges sont comme des pétales de roses », ou bien « ton âme svelte et dorée marche entre passion et poésie ». Vous trouvez cela beau ?

WILDE *(sèchement)* — Pas quand vous lisez, maître Carson. Vous lisez très mal.

CARSON — Je ne prétends pas être un artiste, moi, monsieur Wilde. Et quand je vous écoute, je préfère ne pas en être un. *(Carson montre une autre lettre.)* Voici une autre lettre à lord Alfred Douglas. Peut-être préférez-vous la lire vous-même ?

WILDE — Pourquoi le ferais-je ?

CARSON — Alors ce sera moi : « Bosie, ne me fais plus de scènes. Elles me tuent, elles détruisent la beauté de ma vie. Je ne peux te regarder, toi si grec et si gracieux, ainsi défiguré par la rage. Tu es la chose divine que je désire, l'être de grâce et de beauté. » Ça vous paraît une lettre ordinaire ?

WILDE — Tout ce que j'écris est extraordinaire. Je n'ai jamais prétendu être un homme ordinaire.

CARSON *(glacial)* — Changeons de sujet. Vous connaissez Alfred Wood ?

WILDE — Je l'ai rencontré au *Café royal*, début quatre-vingt-treize. Lord Alfred Douglas m'avait demandé de l'aider à trouver du travail. Je l'ai emmené dîner au restaurant *Florence*.

CARSON — Vous n'aviez jamais vu ce garçon auparavant et vous l'emmenez dîner au *Florence* ?

WILDE — Lord Douglas m'avait demandé d'être gentil avec lui.

CARSON — Vous aviez réservé un salon particulier, au *Florence* ?

WILDE — Oui.

CARSON — Vous lui avez donné de l'argent ?

WILDE — Deux livres. Par pure gentillesse.

CARSON — Vous avez eu avec lui des relations indécentes ?

WILDE — Certainement pas.

CARSON — Wood est revenu vous voir au sujet de cette lettre à lord Douglas. Vous pensez qu'il a essayé de vous faire chanter ?

WILDE — Oui, et j'ai refusé.

CARSON — En lui donnant quinze livres pour partir en Amérique ?

WILDE — C'était pure bonté de ma part.

CARSON — En février 1892 vous habitiez à l'*Albermale Hotel* ?

WILDE — Oui.

CARSON — À l'époque, ne vous êtes-vous pas intéressé à un certain Edward Shelley, un garçon de vingt ans qui travaillait chez votre éditeur ?

WILDE — Je ne comprends pas le sens de votre question.

CARSON — Alors je vais être plus précis. Vous avez invité à dîner Shelley avec vous à l'*Albermale.* Pour un échange intellectuel sans doute ?

WILDE — Pour lui, certainement.

CARSON — Vous lui avez donné de l'argent ?

WILDE — Quatre livres, et le prix d'un billet pour Gromer, où j'étais en vacances.

CARSON — Avec votre femme et vos deux fils, n'est-ce pas ? Vous trouvez que ce jeune homme était une compagnie convenable pour eux ?

WILDE — Pourquoi pas ?

CARSON — À Worthing, la station balnéaire, vous vous êtes lié avec un autre jeune garçon, Alphonse Conway ?

WILDE — Oui.

CARSON — Que faisait-il ? Quel âge avait-il ?

WILDE — Environ dix-huit ans. Il menait une vie heureuse et ne s'embarrassait guère de travail. Je l'ai rencontré sur la plage, avec lord Douglas.

CARSON — Il avait sans doute une conversation brillante ?

WILDE — Au contraire, très simple. C'était un garçon charmant. Il voulait devenir marin.

CARSON — Vous lui avez donné de l'argent ?

WILDE — Jamais.

CARSON — Mais vous lui avez donné cette photo, dédicacée « Oscar Wilde à Alphonse ». *(Il la montre à Wilde.)* Et ce porte-cigarettes avec l'inscription « À Alphonse, de la part de son ami Oscar Wilde ». *(Il le présente à Wilde, puis le montre aux jurés qui le font circuler parmi eux.)* Et puis cette canne. *(Carson brandit une canne à pommeau d'argent. Il la présente à Wilde, puis aux jurés.)* Vous l'avez aussi emmené avec vous à Brighton ? Et là, vous lui avez offert un costume bleu, très élégant ?

WILDE — Parfaitement.

CARSON — Et aussi un chapeau de paille avec un ruban rouge et bleu ?

WILDE — Le ruban, c'était son choix, détestable d'ailleurs.

CARSON — Parlez-nous maintenant d'Alfred Taylor. Vous le connaissez de longue date ?

WILDE — Depuis octobre 1892. Nous nous rencontrons assez fréquemment tantôt à mon domicile, tantôt au *Savoy*.

CARSON — Vous êtes-vous rendu chez lui ?

WILDE — Cela m'est arrivé, pour prendre le thé l'après-midi.

CARSON — Comment était son appartement ?

WILDE — Charmant, meublé avec beaucoup de goût.

CARSON — L'air des pièces était parfumé ?

WILDE — Oui. Il a l'habitude de brûler des parfums. Moi aussi, d'ailleurs.

CARSON — Vous saviez que Taylor, votre ami, avait chez lui des robes de femme ?

WILDE — Je l'ignorais. Taylor est un homme raffiné, intelligent, qui a été éduqué dans un très bon collège.

CARSON — Saviez-vous que Taylor était notoirement connu pour présenter des jeunes gens à des *gentlemen* plus âgés ?

WILDE — Je ne l'avais jamais entendu dire.

CARSON — Combien de jeunes gens Taylor vous a-t-il présenté ?

WILDE — Cinq, je crois.

CARSON — Tous âgés de vingt ans environ, n'est-ce pas ?

WILDE — Vingt à vingt-deux ans.

CARSON — Que faisaient-ils ? Je veux dire quel était leur métier ? *(Geste vague de Wilde.)* Vous les appeliez par leur prénom ? Vous leur donniez des cadeaux, de l'argent ?

WILDE — Cela m'est arrivé.

CARSON *(ironique)* — Et eux, monsieur Wilde, vous ont-ils offert quelque chose en retour ?

WILDE — Jamais.

CARSON — Parmi ces jeunes gens de vingt ans que Taylor vous a présentés, l'un s'appelle Charles Parker ?

WILDE — Oui.

CARSON — Vous saviez que Charles Parker était un valet de chambre, sans emploi à l'époque ?

WILDE — Non. Cela n'aurait d'ailleurs rien changé à nos relations.

CARSON — Combien d'argent avez-vous donné à ce Parker ?

WILDE — Quatre ou cinq livres, je crois.

CARSON — Pour quel motif ?

WILDE — Parce qu'il était pauvre, et que je l'aimais bien.

CARSON — Vous connaissez aussi le frère de Charles Parker ?

WILDE — Oui. J'avais invité Taylor à dîner pour son anniversaire. Il est venu avec lui.

CARSON — Vous saviez que c'était un garçon d'écurie ?

WILDE — Non. Cela m'aurait été indifférent.

CARSON — Monsieur Wilde, quel plaisir pouvez-vous trouver à dîner avec des valets et des grooms ?

WILDE — J'adore la compagnie des jeunes gens. Les distinctions sociales me laissent indifférent.

CARSON *(glacial)* — Dois-je comprendre que même un jeune garçon rencontré dans la rue pourrait être pour vous une compagnie plaisante ?

WILDE — Oui. Je bavarderais volontiers avec n'importe quel jeune Arabe de la rue.

CARSON — Et vous feriez venir cet Arabe chez vous ?

WILDE — Pourquoi pas ?

CARSON — Passons à un certain Fred Atkins. Quand vous l'avez rencontré pour la première fois, vous lui avez fait un cadeau ?

WILDE — Je lui ai donné un porte-cigarettes. Et quelques livres pour acheter les droits d'une chanson.

CARSON — Et Ernest Scarfe, vous saviez que c'était un valet de chambre ?

WILDE — Non.

CARSON — Vous lui avez donné de l'argent, des cadeaux ?

WILDE — Seulement un porte-cigarettes en argent, comme j'en ai l'habitude.

CARSON *(exhibant l'objet)* — Celui-là ?

WILDE — Je ne pourrais le dire. J'en ai tellement donné.

CARSON — Et Walter Grainger, vous le connaissez aussi ?

WILDE — Oui. Je l'ai rencontré dans une maison qu'habitait lord Alfred Douglas à Oxford. Il servait à table.

CARSON — L'avez-vous jamais embrassé ?

WILDE — Certainement pas ! Le pauvre garçon est si laid.

CARSON *(très vite)* — C'est la raison pour laquelle vous ne l'avez pas embrassé ?

WILDE *(s'énervant)* — Maître Carson, je vous en prie.

CARSON — Pourquoi avez-vous dit qu'il était laid ?

WILDE *(hors de lui)* — Mais parce qu'il l'était. Si on me demande pourquoi je n'embrasse pas un battant de porte, je dirai que je n'aime pas les battants de porte.

CARSON *(glacial)* — Mais pourquoi avez-vous mentionné précisément sa laideur ?

WILDE — Peut-être parce que vous m'insultiez par cette question déplaisante ?

CARSON — Était-ce une raison pour dire que ce garçon était laid ? Pourquoi avez-vous dit qu'il était laid, monsieur Wilde ? *(Penché vers lui.)* Pourquoi, monsieur Wilde, pourquoi ?

WILDE *(perdant pied, bafouillant)* — Parce que vous me harcelez, vous m'insultez, vous me mettez hors de moi. Je vous ai répondu comme ça, sans y prêter attention, d'une façon désinvolte.

CARSON — Désinvolte, monsieur Wilde, vraiment ?

WILDE — Oui.

CARSON — Je vous remercie, monsieur Wilde.

Il retourne s'asseoir à sa place.

Scène 2

Le bureau de maître Russel.

RUSSELL *(debout, versant du whisky dans des verres disposés sur le bureau)* — À votre triomphe, lord Queensberry. Voir maître Clarke retirer piteusement sa plainte et entendre le juge vous acquitter, comme s'il vous félicitait, quel plaisir !

QUEENSBERRY — La chasse n'est pas finie, Russell. Il faut que ce soir Wilde couche en prison.

RUSSELL — S'il le veut bien. Il est midi trente. Wilde a encore le temps de prendre le train de cinq heures pour Douvres et de gagner la France. À moins, bien sûr, qu'il ne soit arrêté d'ici là. *(Prenant un papier sur la table.)* Voici la lettre que j'ai préparée pour le directeur des poursuites criminelles au ministère de l'Intérieur. *(Lisant.)* « Monsieur, dans l'intérêt de la justice, je crois de mon devoir de vous adresser ci-joint la copie de toutes les déclarations signées des témoins que nous avons cités au tribunal dans l'affaire Wilde/Queensberry, ainsi que la sténographie des notes d'audience du procès. »

QUEENSBERRY — Vous croyez que ces déclarations suffiront pour qu'on lance un mandat d'arrêt contre Wilde ?

RUSSELL — C'est au juge d'en décider. Mais c'est au ministre de l'Intérieur, Asquith, de le lui demander.

QUEENSBERRY *(violemment)* — Il n'y a rien à attendre d'Asquith. Il est l'ami de cette canaille de Rosebery. Tous ces libéraux me haïssent. Ils seront trop contents de laisser filer Wilde. Au besoin, ils lui enverront un billet pour Paris.

RUSSELL — Je ne partage pas votre sentiment, lord Queensberry. Si Asquith ne demande pas qu'un mandat d'arrêt soit lancé contre Wilde, l'opposition et la presse diront qu'il veut éviter le scandale d'un procès public, où le nom de son Premier ministre, lord Rosebery, pourrait être prononcé. Croyez-moi, le gouvernement libéral est coincé.

QUEENSBERRY — Peut-être. Mais le temps que les formalités soient accomplies, Wilde aura filé en France.

RUSSELL — J'y ai pensé aussi. Il ne faut pas perdre Wilde de vue, pour qu'on sache où l'arrêter à tout moment. M. Littlejohn a pris toutes dispositions. Deux de ses hommes suivront Wilde à la trace. Ça peut contribuer à le briser, si tant est qu'il ne le soit pas déjà. Il était décomposé hier soir à la fin de l'audience.

QUEENSBERRY *(ricanant)* — Que voulez-vous, ces setters irlandais sont toujours prêts à se mordre les uns les autres !

Scène 3

Un bureau, dans les dépendances de la Chambre des communes. Lord Asquith, ministre de l'Intérieur, sir Robert Reid, ministre de la Justice, et sir Franck Lockwood, procureur général, sont réunis.

ASQUITH — Il va bientôt être trois heures, messieurs, et la séance des Communes va commencer. Il est temps de prendre un parti. Sir Robert Reid, vous étiez avocat avant d'être ministre de la Justice. Selon vous, Wilde est-il coupable ?

REID — Il est difficile d'arriver à une autre conclusion quand on a lu le dossier que maître Russell nous a fait parvenir. C'est du bon travail de basse police. Taylor est assurément un proxénète. Et ces jeunes gens sont immondes, mais convaincants.

ASQUITH — Mais ce sont des prostitués, des maîtres chanteurs. Les jurés ne les croiront jamais. Qu'en pensez-vous, monsieur le procureur général ?

LOCKWOOD — Ces jeunes gens répugneront aux jurés tout autant que Wilde. Mais c'est Wilde qui sera dans le box. Vous connaissez bien la classe moyenne, monsieur le ministre, ce sont vos électeurs. Elle exècre tout homme célèbre dont elle se croit méprisée. Vous avez lu la presse ? Elle accable Wilde. La vertu outragée n'a pas eu de tels accents depuis longtemps.

ASQUITH — Vous voulez dire l'hypocrisie bourgeoise ?

LOCKWOOD — C'est elle qui fait l'opinion. Et l'opinion fait et défait les gouvernements.

ASQUITH — Selon vous, je dois donc ouvrir des poursuites contre Wilde, et demander un mandat d'arrêt contre lui ?

REID — Nous n'avons pas le choix. À défaut, on murmurera que nous redoutons un procès public, de crainte que l'on n'évoque les relations entre lord Rosebery et le frère de lord Douglas, qui s'est suicidé. L'opposition se précipitera là-dessus, le marquis de Queensberry multipliera les provocations. La presse écrira que nous protégeons les débauchés parce que débauchés nous-mêmes. Nous ne pouvons pas courir ce risque. Espérons seulement que Wilde aura l'intelligence de prendre le premier train pour Douvres, et qu'il sera déjà en France quand la police viendra l'arrêter.

ASQUITH — Je crains que non. Ces Irlandais, même de l'espèce de Wilde, sont incroyablement têtus et fiers. Il ne voudra pas avoir l'air de s'enfuir devant Queensberry. Et même s'il en avait envie, il y a l'autre, le petit Douglas, qui l'en empêcherait. Partir, ce serait se perdre aux yeux de Douglas. À ce propos, faut-il le poursuivre lui aussi ?

REID — Certainement pas. Ce serait inutile et dangereux. Wilde doit apparaître comme le corrupteur de la jeunesse, non comme la victime des jeunes gens corrompus.

ASQUITH — Un mot encore. Monsieur le procureur général, êtes-vous convaincu que si Wilde est poursuivi et jugé, il sera condamné ? Le pire serait un acquittement après le scandale d'un procès.

LOCKWOOD — Le pire, politiquement, serait qu'on donne le sentiment d'épargner Wilde par peur du procès. Je crois que Wilde sera condamné. Mais on ne sait jamais avec les jurés. Après tout, certains peuvent appartenir à la même confrérie que Wilde. La seule chose que je puis vous promettre, monsieur le ministre, c'est que tout sera mis en œuvre pour obtenir la condamnation de Wilde. S'il le faut, je soutiendrai moi-même l'accusation contre lui.

REID — Vous ? Mais ce serait contraire aux usages ! Jamais un procureur général n'a requis dans une affaire de mœurs.

LOCKWOOD — Il faut savoir créer les précédents. Mon neveu a été mêlé aux débauches de Wilde à Paris. C'est de notoriété publique. Moi non plus, je ne peux être suspecté de la moindre complaisance envers Wilde. On dirait que je veux protéger mon neveu.

ASQUITH — Eh bien, messieurs, demandez au juge de lancer un mandat d'arrêt contre Wilde.

Scène 4

Une suite au Cadogan Hotel.

BOSIE *(qui lit un journal)* — Des chacals, des hyènes ! Ah, il est beau, le pays du fair-play ! Écoutez-ça : « Ainsi s'achève le plus indigne des procès. Lord Queensberry triomphe et Oscar Wilde est confondu. Il peut maintenant changer de place avec lord Queensberry et s'asseoir dans le box des accusés. Et s'il n'est pas jugé, qu'il disparaisse et que l'on n'entende plus jamais parler de lui. »

ROSS *(qui est entré, tandis que Douglas lisait)* — Excellent conseil, au moins pour quelque temps. Il vous reste une heure, Oscar, pour prendre le dernier train pour Douvres. Je vous apporte deux cents livres en billets. J'ai une voiture qui vous attend. Il faut partir immédiatement.

WILDE *(regardant Douglas)* — Vous savez bien que je ne m'enfuirai pas devant Queensberry.

ROSS — Ne jouez pas les héros, Oscar, ce n'est pas le moment. Le scandale est trop grand, et le ministre de l'Intérieur ne peut pas reculer.

BOSIE *(s'élançant d'un bond)* — Attendez, Oscar, je cours voir mon cousin George, il est membre du parti libéral, il a de l'influence sur Asquith, il m'écoutera, ils n'oseront pas vous faire arrêter.

ROSS — Restez ici Bosie, ne vous mêlez plus de rien, vous avez déjà fait trop de mal.

Bosie se précipite dehors.

ROSS *(regardant Wilde)* — Je vous en supplie, Oscar, partez, partez tout de suite ! Vous n'aurez pas l'ombre d'une chance si l'on vous juge. La presse est hystérique. Les jurés, le juge, le public, tous seront contre vous. Ne leur donnez pas la joie de vous détruire, Oscar.

WILDE *(calmement)* — Je ne fuirai pas, Robbie. Ma mère m'a appris à ne pas détaler devant mes ennemis. Toute ma vie, je leur ai fait face, je leur ferai face encore, même dans le box des accusés. Voyez-vous, Robbie, à ma manière, c'est une question d'honneur.

ROSS — Vous êtes fou, Oscar ! Ça ne sera pas grandiose, ce sera lamentable. Ils ne vous brûleront pas comme Savonarole, ils vous détruiront dans l'ombre de leurs prisons, à coups d'humiliations, de privations, de souffrances misérables.

WILDE — Je ne peux pas fuir, Robert, je ne peux même pas vous dire pourquoi, mais je ne peux m'y résoudre. M'enfuir serait me détruire.

ROSS — C'est rester qui vous détruira, Oscar. Songez à vos fils. En sortant du tribunal, j'ai couru chez vous. Quand j'ai dit à votre femme ce qui était advenu, elle est devenue livide, elle a murmuré : « Dites à Oscar qu'il parte, qu'il parte à l'étranger, sans perdre un instant. Je ferai tout ce qui est en mon pouvoir pour lui. »

WILDE — Constance est une femme admirable. Mais n'essayez pas de me convaincre… D'ailleurs, c'est trop tard à présent.

Il se sert à boire.

ROSS — Mais non Oscar, quittez cette chambre, nous vous cacherons cette nuit. Demain nous trouverons un bateau pour gagner la côte française.

WILDE — Laissons-là ces visions romanesques, Robert. Il n'y a plus rien à faire qu'à boire un dernier verre, et à fumer une cigarette. Ce ne sera pas très long. Les détectives de Queensberry ont déjà dû prévenir Scotland Yard.

ROSS *(accablé)* — Oh, Oscar, tout cela est trop stupide.

Des coups sont frappés à la porte. Silence. Wilde et Ross se regardent. À nouveau, on frappe à la porte. Deux hommes entrent dans la pièce.

LE PREMIER INSPECTEUR — Lequel d'entre vous, messieurs, est Oscar Wilde ?

WILDE *(avec un léger sourire)* — C'est moi.

LE PREMIER INSPECTEUR — J'ai un mandat d'arrêt contre vous, monsieur Wilde. Puis-je vous demander de nous suivre ?

WILDE — Pensez-vous, inspecteur, que je serai laissé en liberté sous caution ?

LE PREMIER INSPECTEUR — Ce sera au juge d'en décider, monsieur.

WILDE — Alors, qu'au moins je vous donne le moins de souci possible. *(Il enfile un grand manteau, prend son chapeau, puis avisant un livre jaune sur la table, il demande aux inspecteurs.)* Puis-je prendre ce livre avec moi ?

LE PREMIER INSPECTEUR *(prenant l'ouvrage dans sa main et lisant la couverture)* — Pierre Louÿs – *Aphrodite* – Mercure de France, qu'est-ce que c'est ?

WILDE — Un roman français, écrit par un de mes amis.

LE PREMIER INSPECTEUR — Vous pouvez l'emporter, monsieur. Vous aurez tout le temps de le lire.

Wilde regarde Ross pétrifié. Puis, se détournant, il sort de la pièce escorté des deux inspecteurs.

Scène 5

La salle d'audience.

LE GREFFIER *(tourné vers le jury)* — Messieurs les jurés, vous êtes-vous mis d'accord sur votre verdict ?

LE PREMIER JURÉ *(debout)* — Oui.

LE GREFFIER — L'accusé, Oscar Wilde, est-il coupable d'avoir commis des actes obscènes sur la personne de Charles Parker ?

LE PREMIER JURÉ — Oui.

LE GREFFIER — S'est-il rendu coupable des mêmes actes sur la personne d'Alfred Wood ?

LE PREMIER JURÉ — Oui.

LE GREFFIER — S'est-il rendu coupable des mêmes actes dans la chambre 362 du *Savoy Hotel* avec un homme non identifié ?

LE PREMIER JURÉ — Oui.

LE GREFFIER — Le considérez-vous comme coupable de tous les chefs d'accusation, à l'exception de celui concernant Edward Shelley ?

LE PREMIER JURÉ — Coupable.

LE GREFFIER — Est-ce votre verdict à tous ?

LE PREMIER JURÉ — Oui. À l'unanimité.

LE JUGE WILLS *(se tournant vers Wilde)* — Oscar Wilde, il est inutile que je m'adresse à votre conscience. De toutes les causes que j'ai eu à juger, celle-ci est la pire. Vous avez été une source de corruption affreuse pour des jeunes gens. Devant de tels faits, vous devez vous attendre à ce que je prononce la peine la plus sévère prévue par la loi. À mes yeux, elle est d'ailleurs très insuffisante. Oscar Wilde, je vous condamne à être emprisonné pendant deux ans au régime des travaux forcés.

WILDE *(décomposé, la voix blanche, tourné vers le juge)* — Puis-je dire un mot, Votre Honneur ?

Le juge fait un signe de la main, et les gardes entraînent Wilde chancelant. On entend monter des hourras et des applaudissements dans le public.

Rideau.

ACTE III

LA NUIT

Scène 1

La cellule de Wilde. Entre le gardien. On entend dans le couloir le bruit d'un chariot qu'on roule. Wilde se relève péniblement et se met au garde à vous.

LE GARDIEN — Bon Dieu, ce que ça pue ! Tu ne peux donc pas retenir tes boyaux ?

WILDE *(baissant la tête)* — La dysenterie me ronge, chef. C'est la nourriture.

LE GARDIEN — C'est vrai qu'il y a plus de graisse dans la soupe que de rosbif dans les haricots. Mais de là à chier dans son froc !

WILDE *(à voix presque inaudible)* — Ce sont les crises de diarrhées. Et les grilles d'aération sont bouchées.

LE GARDIEN *(d'un ton sec)* — Je l'ai déjà signalé au super-intendant. (*Avisant la table.)* Tu n'as pas encore mangé ton dîner ?

WILDE — Je ne peux pas, chef. J'ai bu le thé.

Entre dans la cellule un détenu encagoulé qui dépose sur la table un bol de soupe et un morceau de pain noir, puis se retire. Par la porte ouverte, on voit la roulante repartir poussée par le détenu.

LE GARDIEN — Essaie au moins de manger le pain pour pouvoir travailler. Si tu ne livres pas ce soir la quantité d'étoupe prévue, tu seras puni.

WILDE — Ce n'est pas de ma faute si je suis maladroit. Je fais ce que je peux, chef. Je m'applique. *(Tendant ses mains.)* Regardez mes doigts : ils sont en sang.

LE GARDIEN — On mettra de l'alcool. Le reste, c'est ton affaire. Tu as déjà de la chance qu'on ne te renvoie pas au moulin de discipline.

WILDE — Là aussi, chef, j'ai essayé de tenir bon. Je suis trop faible pour gravir sans fin cette roue mobile, comme un rat dans sa cage. Je ne suis pas un simulateur.

LE GARDIEN — J'ai pas dit le contraire. Seulement, tu as eu la vie trop douce. La prison, c'est pas un club pour *gentlemen*. Fallait te débrouiller pour pas y venir, voilà tout. Alors maintenant que tu y es, faut suivre le règlement comme tout le monde. *(Désignant le paquet de cordages posé dans un coin.)* Je te conseille de t'y mettre. Ça fait un sacré paquet de cordes à transformer en étoupe d'ici ce soir. Sinon gare...

Il sort. Wilde s'assied et prend une corde.

Entre Richard Haldane.

WILDE *(se dressant)* — Haldane ! Que faites-vous ici ?

HALDANE *(lui serrant chaleureusement la main)* — Je suis membre de la Commission des prisons. J'ai pensé que je pourrais vous dire bonjour. *(Le dévisageant.)* Je vous ai connu meilleure mine, Oscar. Vous avez maigri.

WILDE *(sombre)* — La prison me détruit. Ici, l'esprit est prisonnier comme le corps. Je ne parle à personne, sauf aux gardiens et de temps à autre au directeur qui passe en courant.

HALDANE — Et l'aumônier, Oscar, il ne vient pas vous voir ?

WILDE — Ah ! Celui-là ! Vous savez ce qu'il m'a demandé à sa première visite : « Monsieur Wilde, disait-on des prières chez vous, le matin ? » J'étais au regret de lui dire non. Il m'a répondu d'un ton grave : « Vous voyez, monsieur Wilde, où cela vous a mené ! »

HALDANE — Et le médecin, vous l'avez vu ?

WILDE — Il est brutal et ne songe qu'à retrouver au plus vite sa clientèle. *(La voix soudain changée.)* Haldane, je mourrai ici, je le sens, et le pire, c'est que par moments, je le souhaite. *(Sa voix se brise.)* La faim, le froid, la solitude, je n'en peux plus.

Wilde se rassied sur le tabouret, il fond en larmes. Haldane pose la main sur son épaule. Moment de silence.

HALDANE — Je comprends. Mais ne désespérez pas. Vous avez des amis dehors qui ne vous oublient pas, Ross, Sherard, Harris, les Levinson. Ils vous aiment, Oscar.

WILDE *(toujours sanglotant)* — Et Bosie, pas un mot, pas un signe. Il est en France, au bord de la mer, il est heureux, il boit du champagne, il voit des jeunes gens. Et moi, regardez-moi, regardez ce que je suis devenu. Je me fais horreur.

HALDANE — Je sais, c'est terrible d'être ici. Mais pour un artiste comme vous, aucune souffrance n'est inutile. Ce que vous vivez ici, Oscar, cette douleur, cette injustice, feront de vous un autre écrivain, plus grand encore.

WILDE *(sanglotant plus fort encore)* — Vous êtes gentil, Haldane, mais ils sont en train de me briser, complètement, définitivement. Si au moins, je pouvais lire les livres que j'aime !

HALDANE — Vous voulez dire qu'on ne vous permet pas de lire ?

WILDE — J'ai eu droit à un livre, un seul, choisi par l'aumônier : *Les Voies du pèlerin*, cet horrible ouvrage hautement moral. Je le déteste.

HALDANE — Je vous comprends ! Mais je pense que le président de la Commission des prisons ne vous refusera pas d'autres livres, si je les lui demande. Que choisiriez-vous, Oscar ?

WILDE *(après un instant de réflexion)* — Eh bien, je voudrais d'abord relire *Madame Bovary*.

HALDANE *(avec un sourire)* — Franchement, je trouve ce premier choix un peu provocant.

WILDE *(sur un ton presque gai)* — C'est vrai. De toute façon, le chapelain opposerait son veto. Alors, que diriez-vous de *La Cité de Dieu* de Saint Augustin et des *Pensées* de Pascal ? Je ne les ai pas relus depuis Oxford.

HALDANE — Parfait. Vous les aurez, je vous le promets.

LE GARDIEN *(entrant)* — Le temps de la visite est écoulé, monsieur.

HALDANE — Oscar, promettez-moi que vous écrirez encore. Pour votre bonheur et pour le nôtre.

WILDE — Le bonheur, c'est un mot qui n'a pas de sens ici. Mais si j'écris encore un livre, vous serez le premier à le recevoir. Parce que vous aurez été le premier à visiter le pauvre Lazare dans son tombeau.

Haldane, ému, lui prend la main et la serre longuement. Il sort avec le gardien. Wilde, seul dans la cellule, regarde se refermer la porte.

Scène 2

Un bureau officiel au Home Office.

RUGGLES-BRISE — Ainsi, vous pensez qu'il faut changer Wilde de prison ?

HALDANE — Mon cher ami, vous présidez la Commission des prisons. Si Wilde reste dans cette cellule glaciale, avec pour toutes visites celles de ce directeur buté, de ce médecin brutal et de cet aumônier borné, il perdra la raison, la vie peut-être. Vous imaginez le scandale. Les journalistes français feront de Wilde un martyr, et de nous des barbares.

RUGGLES-BRISE — Franchement, quand je regarde l'état de nos prisons, je me demande s'ils auraient tort. Mais où transférer Wilde ? Queensberry a lancé contre lui une procédure de faillite et il doit comparaître bientôt devant le tribunal de Londres.

HALDANE — Pourquoi ne pas l'envoyer à Wandsworth, au sud de la Tamise ? Je connais le médecin de la prison. Il est compétent, et de surcroît irlandais, comme Wilde. Et le chapelain est très progressiste.

RUGGLES-BRISE — Eh bien, j'en parlerai à notre nouveau ministre de l'Intérieur, et j'espère qu'il acceptera d'envoyer Wilde à Wandsworth.

HALDANE — On le dit pourtant plus sévère qu'Asquith.

RUGGLES-BRISE — C'est vrai. Mais il n'a pas, lui, à protéger son Premier ministre.

HALDANE — Le protéger de quoi ?

RUGGLES-BRISE — D'accusation de complaisance envers les invertis.

Petit rire complice.

Scène 3

Le bureau du médecin de la prison de Wandsworth.

DR GOVER — Je trouve le détenu encore amaigri depuis son arrivée à Wandsworth, mon cher confrère.

DR QUENTIN — C'est exact, cher confrère. Il pesait cent quatre-vingt-dix livres à son entrée en prison. Il en pèse aujourd'hui cent soixante-huit. Mais c'est fréquent dans les premiers mois. La mauvaise graisse fond en prison.

DR GOVER — Il se plaint de la faim ?

DR QUENTIN — Constamment. Il dit que la faim l'empêche de dormir.

DR GOVER — Il est grand et fort. Peut-être pourrait-on augmenter sa ration au dîner ?

DR QUENTIN — J'en parlerai au directeur. Je dirai que la suggestion vient de vous pour favoriser son équilibre psychique.

DR GOVER — Qu'en pensez-vous, vous qui le voyez souvent ?

DR QUENTIN — Il a des hauts et des bas, comme tous les détenus. Mais je ne trouve pas qu'il aille plus mal, ces derniers temps. Et vous, comment l'avez-vous trouvé, au cours de votre entretien ?

DR GOVER — Franchement, pas mal du tout. Nous avons longuement parlé. Il m'a dit qu'il avait horreur des nouveaux visages, qu'il ne voulait pas travailler en atelier. Je crois qu'il redoute la compagnie des autres détenus.

DR QUENTIN — À Wandsworth, ce ne sont que des voleurs et des voyous. Je doute qu'aucun d'entre eux ait jamais lu une page de Wilde. Pour eux, c'est seulement un vieux vicieux. Et vous savez comment ils les traitent…

DR GOVER — Continuez à le faire surveiller. Et prévenez-moi si une crise survient.

Scène 4

Le parloir des visiteurs.

WILDE — Vous êtes si bonne d'être venue, Constance. *(Instant de silence.)* Souriez-moi, Constance, je vous en prie. Je n'ai pas vu un sourire depuis si longtemps.

CONSTANCE — J'aimerais pouvoir le faire, Oscar. Mais le temps n'est pas encore venu où je sourirai en vous voyant.

WILDE — Je sais combien cela doit être cruel et humiliant pour vous d'être ici.

CONSTANCE — Ce qui est cruel, Oscar, c'est de vous y voir.

WILDE — J'ose à peine vous demander comment vont les enfants ?

CONSTANCE — Aussi bien que possible. Je les ai laissés en Suisse, à Glion. Je préfère les tenir éloignés de l'Angleterre. Je leur ai dit que vous voyagiez, que vous rentreriez bientôt. Ils ne vous oublient pas. Tous les soirs, ils prient pour vous.

WILDE — Je voudrais tant les voir. Si vous saviez, Constance, combien je regrette mes folies. Je me hais de vous avoir fait souffrir et d'avoir fait du mal à nos garçons.

CONSTANCE — Vous m'avez rendue heureuse jadis. Et puis, ce n'est pas votre faute, Oscar, je pense que c'est une sorte de folie à laquelle vous ne pouvez rien.

WILDE — Vous avez reçu ma lettre, Constance ?

CONSTANCE — Oui. Elle était très émouvante.

WILDE — Est-ce que vous me pardonnerez, Constance ?

CONSTANCE — C'est trop tôt, Oscar, je ne peux pas vous répondre. Mais j'ai vu mon avoué, maître Hargrove. Je lui ai dit que je ne voulais plus divorcer, qu'il arrête la procédure.

WILDE — J'imagine qu'il a dû vous répéter que vous aviez tort, que j'étais un monstre, un scélérat, qu'il fallait m'enlever mes enfants.

CONSTANCE — Oui, il m'a dit tout cela. Et bien d'autres choses encore. Il est convaincu que vous reviendrez à lord Alfred Douglas. Moi aussi.

WILDE — Jamais, m'entendez-vous, jamais je ne le reverrai. Il a fait mon malheur, le vôtre, celui de nos fils ! Il m'a ruiné, détruit. Je suis ici par sa faute, je l'ai compris à présent. Et il ne m'a pas écrit, pas un mot depuis ma condamnation. Si je devais le rencontrer un jour, ce serait pour l'abattre comme un chien.

CONSTANCE — Il suffit que vous me promettiez de ne plus le revoir. Et que vous teniez votre promesse. Car sinon, je ne pourrais plus vous laisser voir nos fils. Vous le comprenez bien, Oscar ?

WILDE *(avec emportement)* — La question ne se pose pas, Constance. Si vous saviez comme je l'exècre à présent, Bosie.

CONSTANCE — Ne le haïssez pas, Oscar. Lord Douglas aussi est atteint de ce mal, de cette érotomanie qui vous emporte. Peut-être, Oscar, pourriez-vous consulter à ce sujet ? On me dit qu'il y a des traitements adaptés à votre cas.

WILDE — Je vous le promets, Constance. Envoyez-moi votre avoué. Il est impitoyable, je le sais, mais je signerai tous les papiers qu'il voudra. Je renoncerai à tout, pourvu que je puisse embrasser mes fils.

LE GARDIEN — La visite est finie, madame.

WILDE — Je vous en supplie, Constance, parlez de moi à nos fils, qu'ils ne m'oublient pas. Et vous non plus, Constance. Vous êtes si bonne, et moi si misérable, si indigne.

CONSTANCE — Ne vous torturez pas, Oscar. Je vous aiderai. Je reviendrai vous voir.

Elle sort. Entre le clerc d'avoué.

LE CLERC — Le syndic a fait un compte très précis, monsieur Wilde. Après inventaire et estimation de l'actif et du passif, votre solde débiteur s'élève à trois mille quatre cent quatre-vingt-onze livres.

WILDE — À combien se chiffre la créance de lord Queensberry ?

LE CLERC — À six cent soixante-dix-sept livres très exactement. Rien n'a été payé sur cette créance.

WILDE — Vous n'avez rien reçu de la famille de lord Alfred Douglas ?

LE CLERC — Pas un penny, monsieur.

WILDE — Et mes droits d'auteur ?

LE CLERC — Vos pièces ne sont plus à l'affiche, monsieur, et vos livres sont retirés de la vente depuis le procès.

WILDE — Et ma pièce *Salomé* ? Mme Sarah Bernhardt m'avait dit qu'elle était prête à en acheter les droits, elle était enthousiaste.

LE CLERC — Nous n'avons reçu aucune nouvelle d'elle.

WILDE — Et la vente de mes tableaux, de mes livres, de mes collections ?

LE CLERC — La vente a fait beaucoup de bruit et peu d'argent. Il y avait foule, mais peu d'enchères. Tout est parti, mais ça n'a pas suffi à payer votre passif. Pardonnez-moi de vous le dire ici, monsieur, mais vous avez vécu ces dernières années sur un grand pied, et à crédit. En une journée, à Londres, vous dépensiez rien qu'en déjeuner, souper, voitures, etc., entre dix-huit et vingt livres. À Paris, en une semaine avec lord Douglas, vous avez dépensé…

WILDE *(l'interrompant)* — Inutile de poursuivre. Que va-t-il advenir à présent ?

LE CLERC — Vous serez déclaré en faillite, à moins que vos amis n'obtiennent les fonds nécessaires. Je sais que monsieur Ross s'y emploie très activement.

WILDE — Cher Robbie ! Mais qui acceptera aujourd'hui de s'engager pour un pauvre écrivain déshonoré ?

LE CLERC — Ne désespérez pas, monsieur, je sais que vous avez encore des amis dehors. *(Baissant la voix.)* J'ai un message confidentiel pour vous, monsieur.

WILDE *(étonné)* — Un message ? De qui ?

LE CLERC *(sortant un petit papier de sa poche et lisant sur un ton lourd de mystère)* — Le Prince Fleur de Lys se rappelle à vous. *(Se rapprochant encore de Wilde.)* C'est le jeune *gentleman* qui est à l'étranger, vous voyez de qui je veux parler ?

WILDE *(avec un rire méprisant)* — Parfaitement. Le Prince Fleur de Lys ! Quand vous le verrez, dites-lui où vous m'avez vu, et ma totale banqueroute. Peut-être se souviendra-t-il alors pour qui je me suis ruiné.

LE CLERC — Chut, monsieur, ne parlez pas si fort. Pas d'autre message ?

WILDE — Il serait trop long, monsieur.

LE CLERC — Je dois vous rappeler que vous devez bientôt comparaître devant le juge des faillites.

WILDE — Dans cette tenue, entre deux policiers, menottes aux mains, devant le public ?

LE CLERC — La loi l'exige, monsieur Wilde.

Il sort.

C. 3. 3

Scène 5

La cellule de Wilde.

LE GARDIEN — Qu'est-ce que tu fais au lit ? Tu n'as pas entendu la sonnette ?

WILDE — Je suis malade, chef. Je ne peux pas bouger. Et c'est dimanche.

LE GARDIEN — Justement. C'est l'heure de l'office. Allons, lève-toi !

WILDE — Je ne peux pas. Je n'en ai pas la force.

LE GARDIEN — Je vais chercher le médecin. S'il dit que tu peux marcher, je te conseille d'obtempérer. Sinon, ce sera le cachot, à coup sûr.

WILDE — Ça m'est égal. Tout m'est égal. Faites de moi ce que vous voudrez.

Le gardien sort. Wilde reste prostré sur son lit. Le docteur Quentin entre, suivi du gardien.

DR QUENTIN — Qu'est-ce que j'apprends ? Vous refusez d'aller à l'office du dimanche ?

WILDE — Je ne sais pas. Je suis à bout, docteur, à bout.

DR QUENTIN *(durement)* — Cessez cette comédie. Levez-vous immédiatement et allez à la chapelle ! Si vous restez une minute de plus au lit, vous serez puni.

Le docteur Quentin sort avec le gardien. Wilde se met sur son séant. Puis s'efforce de se lever. Il y parvient difficilement. Entre le gardien.

LE GARDIEN — Eh bien, tu vois, il suffisait d'un peu de volonté. Allons, en route, j'entends les autres dans le couloir. Et n'oublie pas de mettre ta cagoule.

Il sort. Wilde prend la cagoule, il sort en chancelant de la cellule et s'écroule comme une masse. Sa tête heurte le sol. Il demeure inerte.

LE GARDIEN — Merde, manquait plus que ça ! Allons, relève-toi. Je vais te donner un coup de main. Dépêche-toi, sinon c'est moi que le chef va mettre au rapport. *(Il redresse Wilde qui s'appuie contre le mur, vacillant. Il lui passe la cagoule.)* Appuie-toi sur moi. La chapelle est au bout du couloir. Tu pourras te reposer pendant l'office. Ça ira mieux ensuite. Allons !…

Ils sortent, le gardien soutenant Wilde, qui avance en trébuchant, comme un automate.

Scène 6

Le bureau de Ruggles-Brise.

RUGGLES-BRISE — J'ai lu vos déclarations dans le *Daily Chronicle*, monsieur Sherard. Vous avez vraiment trouvé votre ami Wilde aussi mal en point que vous le décrivez ?

SHERARD — Interrogez tous ceux qui l'ont visité en prison. Sa belle-sœur, Lily, l'a vu il y a quelques jours. Elle est revenue bouleversée. Elle l'a trouvé méconnaissable.

HALDANE — Mon cher ami, Wilde n'est pas un détenu comme les autres. Si on le remet dans sa cellule à Wandsworth, je suis convaincu qu'il mourra de désespoir. Même si vos éminents médecins se refusent à le croire, parce qu'ils l'ont vu à l'infirmerie se pavaner devant ses codétenus.

RUGGLES-BRISE — Allons, ne vous emportez pas. Nos médecins ne sont pas si méchants que cela. Ils suggèrent qu'on le transfère dans une autre prison, à la campagne, et qu'on lui confie un travail de jardinage.

SHERARD — À Oscar ? Mais il n'a jamais su couper une rose !

RUGGLES-BRISE — Eh bien, il apprendra !

SHERARD — Le plus simple ne serait-il pas de le gracier ? Le pauvre garçon n'a-t-il pas déjà assez souffert ? Quel mal a-t-il fait ? Rien de plus que ce que nos jeunes gens pratiquent à Eton ou Oxford. Et avec ces voyous qui sont venus l'accabler, Wilde a été plus généreux et gentil que nos *gentlemen* avec les grenadiers de la Garde qu'ils prisent tant.

RUGGLES-BRISE — Mais Wilde, lui, a été pris. Et le scandale a été trop grand pour qu'on puisse le gracier. Peut-être que si une pétition était signée par l'élite intellectuelle et artistique du Royaume, le ministre se laisserait un jour fléchir. Mais nous en sommes loin, même si à Paris, les amis de Wilde s'agitent beaucoup.

HALDANE — Quand la décision de transfert pourrait-elle être prise ?

RUGGLES-BRISE — Dans quelques semaines, sans doute. Le temps qu'il achève de se rétablir à l'infirmerie. Il faut aussi que la procédure de faillite soit clôturée. J'en parlerai alors au ministre. Il est moins dur que vous ne le pensez. Mais c'est un homme austère et religieux.

SHERARD — Dans ce cas, dites-lui que Wilde est touché par la grâce. Il parle admirablement du Christ. Il caresse même l'idée de rentrer au couvent, à sa libération.

RUGGLES-BRISE — Ce serait bien la dernière chose à dire au ministre ! Il serait tenté de laisser croupir Wilde en cellule, en guise d'entraînement !

Scène 7

Un quai de gare, dans la banlieue de Londres. Wilde, dans son costume pénitentiaire, une casquette informe sur la tête, est attaché par des menottes à une grille de fer. Un policier en uniforme est à ses côtés. Autour de lui, des voyageurs.

PREMIER VOYAGEUR *(à sa voisine)* — Vous croyez que c'est un voleur ?

UNE DAME — Je lui trouve plutôt une tête d'assassin.

DEUXIÈME VOYAGEUR — Ils seraient plus nombreux à le garder si c'était un assassin. Et on l'aurait enfermé dans le bureau du chef de gare.

PREMIER VOYAGEUR — Alors, ce serait plutôt un pickpocket. Il a de grandes mains, et regardez ces longs doigts maigres.

LA DAME — Pouah ! Ils sont hideux, couverts de croûtes.

DEUXIÈME VOYAGEUR — Rien de plus normal. Il doit filer l'étoupe. Ça ronge les ongles.

LA DAME *(en plaisantant)* — Vous en savez des choses, monsieur. Vous avez dû aller en prison.

DEUXIÈME VOYAGEUR *(soulevant son chapeau)* — Inspecteur Sothebig, de Scotland Yard, pour vous servir, madame.

LA DAME — Excusez-moi, inspecteur. Et si vous demandiez au policier ce qu'il a fait ?

DEUXIÈME VOYAGEUR — Il ne vous le dirait pas, madame. Il n'a pas le droit de vous répondre, il est en service. *(Il fait un pas en avant et regarde de plus près Wilde, qui enfonce la tête dans les épaules.)* Mais moi, je peux vous dire qui il est et ce qu'il a fait.

LA DAME *(riant)* — Pourquoi, c'est un de vos anciens clients ?

DEUXIÈME VOYAGEUR — Pas exactement, madame. Mais je suis physionomiste. Métier oblige. Et cette tête-là, je me suis dit tout de suite que je la connaissais. Son nom ne m'est pas revenu immédiatement. C'est vrai qu'il a beaucoup changé, et puis sous cette défroque… Mais maintenant, j'en suis sûr. *(S'adressant à Wilde.)* Inutile de baisser la tête. Vous êtes Oscar Wilde.

LA DAME — J'aurais dû m'en douter. Regardez-moi cette mine sournoise. Il a le vice écrit sur le visage.

TROISIÈME VOYAGEUR *(s'adressant à Wilde)* — Alors, ma vieille, tu as perdu ta langue ? Tu veux pas nous dire une de tes petites fables, comme jadis à tes duchesses ? Et ton mignon, le petit Douglas, tu t'ennuies pas trop sans lui ?…

PREMIER VOYAGEUR — Pensez-vous. En prison, avec tous ces jeunes voyous, il doit être à la noce tous les soirs, pas vrai, Oscar ?

LA DAME — Qu'il est sale ! Quelle tenue, il n'est même pas rasé. Ah, il est trop dégoûtant. Je préfère m'en aller.

Elle entraîne son mari par le bras.

TROISIÈME VOYAGEUR — Tu as de la chance d'avoir la police avec toi. Si on était seuls, tu aurais dérouillé, je te le dis. Moi, les pédés, je peux pas les supporter.

DEUXIÈME VOYAGEUR — Calmez-vous, monsieur ! Wilde a été condamné après un procès équitable. Il purge sa peine. Il faut respecter la justice.

TROISIÈME VOYAGEUR *(de plus en plus énervé)* — Vous parlez d'une justice ! Moi j'aurais été le juge, je lui aurais collé perpète à cette ordure. Regardez-le comme il se tortille. Je le ferais danser moi, à ma façon, avec le chat à neuf queues. Je suis sûr que t'aimerais ça, hein, vieille pédale !

DEUXIÈME VOYAGEUR — Assez, monsieur, ou je me verrai dans l'obligation de verbaliser contre vous, pour insultes publiques.

TROISIÈME VOYAGEUR — Ça, c'est un comble. Voilà mon train. Tiens, Oscar, emporte ça !

Il crache au visage de Wilde et s'enfuit.

On entend la sonnerie qui annonce l'arrivée du train. Le policier impassible détache Wilde de la grille, et l'entraîne avec lui. Wilde pleure.

Rideau.

ACTE IV

C. 3. 3.

Scène 1

Le bureau du directeur de la prison de Reading.

ISAACSON — Messieurs, le ministre nous fait l'honneur de choisir notre prison pour qu'un détenu très particulier y purge sa peine. Il s'agit d'un écrivain célèbre, vous voyez de qui je veux parler... Bien entendu, le règlement lui sera appliqué, comme à tous. Gardien, vous conduirez le détenu au bâtiment C, 3e étage, cellule 3. Ce sera son numéro : C. 3. 3.

LE SURVEILLANT — À vos ordres, major. À quel travail dois-je l'affecter ? À filer l'étoupe ?

ISAACSON — Non. C. 3. 3. travaillera au jardin et à la bibliothèque. Il pourra lire dans sa cellule les ouvrages de son choix autorisés par l'administration. Tenez révérend, voici la liste.

Il lui tend un document.

LE RÉVÉREND *(après avoir jeté un coup d'œil)* — Sans nier les mérites littéraires de ces œuvres, j'aurais préféré quelques bons ouvrages de piété et de morale chrétienne. La prison de Reading n'est pas un collège d'Oxford...

LE MÉDECIN *(ricanant)* — Soyez sans crainte, mon révérend, C. 3. 3. s'en apercevra vite.

ISAACSON — S'agissant de sa santé, je compte sur votre expérience, docteur Maurice. D'après les rapports joints au dossier, il ne paraît pas au meilleur de sa forme : amaigrissement, dysenterie, évanouissements, douleurs à l'oreille droite, état dépressif.

LE MÉDECIN — Je l'examinerai attentivement. Tous ces maux-là, vous les trouvez aussi chez les simulateurs. Mais il est vrai que la prison est plus cruelle au *gentleman* qu'au voyou.

ISAACSON — La leçon n'en sera que plus efficace. Tous ces réformateurs, avec leurs théories sur l'humanisation des peines, l'amendement des condamnés, ruineront la prison et – je n'hésite pas à le dire – corrompront l'Angleterre. Ce qu'il faut aux condamnés, c'est un travail harassant, un lit de planches et une maigre pitance. Ajoutez le silence et la discipline et vous avez une chance de les décourager de recommencer. Je dis bien une chance, parce que quand je vois tous ces vieux chevaux de retour, je pense que nous sommes encore trop bons avec eux.

LE RÉVÉREND — N'oubliez pas les prières et le sermon, major Isaacson. Sans eux, le remords n'entrerait pas dans leur cœur.

ISAACSON — Libre à vous de le croire, révérend. Je vous laisse tracer les voies du ciel. Moi je m'occupe du règlement, pour C. 3. 3. comme pour les autres.

Le docteur et lui ricanent. On frappe à la porte, entre un gardien.

LE GARDIEN — Le prisonnier est arrivé, monsieur le directeur.

ISAACSON — Qu'il entre. *(Paraît Wilde, dans la même tenue que celle du transfert. Menottes aux mains, les yeux baissés.)* Messieurs, voici C. 3. 3.

Scène 2

Même lieu.

ISAACSON — C. 4. 8., reconnaissez-vous avoir parlé au détenu qui marchait devant vous, pendant la ronde dans la cour, ce matin ?

LE DÉTENU — Oui, monsieur le directeur.

ISAACSON — Vous faites bien de ne pas nier. Pour tout mensonge, je double la punition. Qu'avez-vous dit à ce détenu ?

LE DÉTENU *(hésitant)* — « Oscar Wilde, je vous plains, parce que vous devez souffrir plus que nous. »

ISAACSON — Il est interdit de prononcer le nom d'un détenu. Vous ne deviez l'appeler que C. 3. 3. Vous avez violé deux fois le règlement. C. 3. 3. vous a-t-il répondu ?

LE DÉTENU — Il m'a dit : « Non, mon ami, nous souffrons tous également. » C'est tout.

ISAACSON — Il vous a appelé « mon ami » ? Vous le connaissiez donc.

LE DÉTENU — Non. Je ne l'avais jamais vu avant d'être ici. Et je ne lui avais jamais parlé. Mais je savais qui il était.

ISAACSON — Par qui ? Comment ?

LE DÉTENU — Pardonnez-moi, monsieur le directeur, mais ces choses-là se savent dans une prison.

ISAACSON — Je vois que vous ne voulez pas dénoncer votre informateur. De cela aussi, je tiendrai compte. Vous connaissez le règlement. C'est quinze jours de cachot maximum pour celui qui a parlé le premier, huit jours pour celui qui a répondu. Ce sera donc pour vous quinze jours de cachot. Exécution immédiate. Gardien, emmenez-le et faites entrer C. 3. 3.

Le gardien et le détenu sortent. Wilde entre.

ISAACSON — C. 3. 3., reconnaissez-vous avoir répondu à C. 4. 8. dans la cour, lorsqu'il vous a adressé la parole ?

WILDE — Monsieur le directeur, c'est moi qui lui ai parlé le premier.

ISAACSON *(rouge de colère)* — Qu'est-ce que vous dites ? C. 4. 8. vient de me dire exactement le contraire.

WILDE — Pardonnez-moi, monsieur le directeur, mais le pauvre garçon, je veux dire C. 4. 8., se trompe. Ce doit être l'émotion ou la crainte qui lui trouble l'esprit.

ISAACSON — Vous vous moquez de moi, C. 3. 3. ! C'est lui qui vous a adressé la parole. Et d'ailleurs, je lui ai donné quinze jours de cachot, la punition prévue par le règlement. *(Soupçonneux.)* Vous essayez peut-être de me faire revenir sur ma décision ?

WILDE — Je n'oserais pas, monsieur le directeur. Je veux seulement dire que le seul responsable de ce qui est arrivé, c'est moi.

ISAACSON — Très bien. Vous voulez avoir le maximum, vous l'aurez. Ce sera quinze jours de cachot pour vous aussi.

Scène 3

Le parloir.

WILDE — Constance ! Il est arrivé quelque chose ? *(Constance hoche la tête.)* Ma mère est morte. Je le savais, je le savais !

CONSTANCE — Je suis navrée, Oscar.

WILDE — J'ai vu ma mère en songe avant-hier. Elle était habillée comme pour sortir. Je lui ai demandé d'enlever son chapeau, son manteau et de s'asseoir près de moi. Elle a hoché la tête tristement, comme pour me dire non. Et puis elle a disparu. Ah, c'est trop affreux ! Je n'avais plus qu'elle au monde.

CONSTANCE — Ne soyez pas injuste envers les autres pour mieux vous faire souffrir, Oscar. Vous savez combien Vyvian et Cyril vous aiment. Et vous avez vos amis, Oscar. Et moi aussi, j'ai pour vous beaucoup d'affection.

WILDE — J'en suis sûr, Constance, mais ma mère était la seule à m'aimer totalement. J'étais le premier dans son cœur. Je l'ai tellement fait souffrir. C'est moi qui, d'une certaine manière, l'ai tuée. Ma mère et vous avez été si bonnes pour moi. Et moi, j'ai ruiné votre vie et souillé notre nom à jamais, le nom de ma mère et celui de nos enfants.

CONSTANCE — Mais non, Oscar. Je suis sûr que, grâce à vous, ce nom vivra toujours, parce que vous êtes un grand écrivain.

WILDE — Il survivra, oui Constance, mais comme celui d'un misérable. Je l'ai plongé dans la fange et l'ordure, voilà la vérité. Mieux vaudrait d'ailleurs que mes enfants ne le portent pas. Il leur fera honte.

CONSTANCE — C'est étrange, Oscar, que vous me disiez cela. Mon avoué ne cesse de me répéter qu'il serait préférable pour nos fils, compte tenu des préjugés, qu'ils portent désormais mon nom.

WILDE *(amer)* — Il a raison. Qu'ils s'appellent donc Holland. Un de vos ancêtres a été l'un des premiers chevaliers de la Jarretière. Ce sera très bien ainsi. Qu'ils oublient jusqu'à mon nom, Constance, c'est la grâce que je leur souhaite.

CONSTANCE — Ne parlez pas ainsi, Oscar. Vyvian ne cesse de me demander quand vous reviendrez à la maison.

WILDE — Et Cyril ?

CONSTANCE *(souriant)* — Il est si beau avec ses boucles blondes.

WILDE — Promettez-moi, Constance, que lorsque je sortirai, vous me laisserez les voir, les embrasser, autant que je le voudrai.

CONSTANCE *(gênée)* — Je vous l'ai dit Oscar, cela ne dépend pas de moi.

WILDE — De qui donc alors ?

CONSTANCE — Mais de vous ! Mon avoué me dit que je ne peux exposer mes fils à subir une influence qui pourrait être néfaste.

WILDE — Vous voulez dire celle de lord Douglas ? C'est hors de question. Je ne veux plus le voir. Et surtout, qu'il ne voie jamais mes fils.

CONSTANCE — Vous dites cela ici et maintenant, Oscar. Dois-je vous rappeler ces vacances à Gromer, quand vous veniez nous rejoindre avec lui et que vous m'imposiez sa présence ? Je le revois encore jouant dans le jardin avec Vyvian. Quelle honte !

WILDE — Je vous demande pardon, Constance. J'étais fou. De toute façon, c'est le passé. Je vous jure que je ne le reverrai plus. Je suis prêt à m'y engager par écrit, pourvu que je puisse retrouver mes garçons. Il ne me reste plus qu'eux au monde à aimer.

CONSTANCE — Je vous promets d'en parler à mon avoué. Il trouvera bien un moyen de protéger Cyril et Vyvian, si par malheur vous vous égariez à nouveau. Vous savez, Oscar, je ne vous veux aucun mal, bien au contraire. Mais je dois d'abord songer à nos fils. Vous êtes si faible Oscar, et lord Douglas si méchant.

Elle se lève et quitte la cellule.

WILDE — Je vous en supplie, Constance, revenez me voir. J'ai tant besoin de vous parler encore.

Scène 4

La cellule de Wilde. Entre un gardien.

WILDE — Alors, c'est pour demain ?

LE GARDIEN — Oui, à huit heures. Le bourreau est déjà là. Il l'a longtemps observé par le judas pour apprécier la longueur de la corde. Il est grand et fort. Ce sera une chute de six pieds, a-t-il dit.

WILDE — Où va-t-on l'exécuter ?

LE GARDIEN — Sous le hangar, au fond de la cour. L'échafaud est prêt.

WILDE — Où va-t-on l'enterrer ?

LE GARDIEN — Derrière le mur. La fosse est creusée. On la remplira de chaux. Il faut compter trois ans pour que l'herbe repousse.

WILDE — Que fait-il ?

LE GARDIEN — Comme tous les soirs. Il a de la viande pour dîner et une pinte de bière. C'est la règle pour les condamnés à mort. Et puis, il fumera sa pipe. Il en a le droit.

WILDE — Le chapelain est auprès de lui ?

LE GARDIEN — Non. Ça pourrait lui donner à penser que c'est son dernier soir. Vaut mieux pas ! Comme ça, il pourra dormir tranquille.

WILDE — Parce que le malheureux dort ?

LE GARDIEN — Comme un enfant. Voyez-vous, c'est un soldat. Il n'a pas peur de la mort. Et puis sa conscience est en repos. Il me l'a dit. Sa femme l'avait trahi, elle devait mourir.

WILDE *(pensif)* — Tout homme à sa manière tue l'être qu'il aime…

LE GARDIEN — Et maintenant, il dit que c'est son tour de payer sa dette. Ça lui est égal, je crois, de partir. Il aurait aimé vivre. Mais il est prêt à mourir. Je sais qu'il ne tremblera pas au moment de monter sur l'échafaud.

WILDE — Et vous ?

LE GARDIEN — Moi ? Ça me fait horreur. Horreur de penser à cette nuit qui commence, horreur d'attendre l'aube, quand il faudra l'empoigner, le lier comme une bête, et l'entraîner dans les couloirs. Horreur de l'échafaud, de l'échelle, de la corde qui pend, du sac sur la tête, du nœud qu'on attache, de la trappe qui s'ouvre, du corps qui tombe, et du cri qui jaillit. Car ils crient tous, ils crient comme si l'âme s'arrachait de leur corps.

WILDE — Mon pauvre ami. Et les détenus ?

LE GARDIEN — Cette nuit, la mort sera là, dans chaque cellule, accroupie dans l'ombre. Les uns veilleront, certains prieront, quelques-uns dormiront. Mais leur sommeil sera si lourd qu'ils auront l'impression de tomber toujours plus loin dans un puits noir. Et quand vient le moment ultime, même si nous glissons dans les couloirs comme des spectres, nous savons que, derrière chaque porte, il y a un visage tendu qui guette, l'œil collé au judas. Et puis, quand l'homme tombe dans la trappe, et qu'il danse dans l'air où il n'y a plus d'appui, alors…

Il s'arrête.

WILDE — Alors, dites-moi ?

LE GARDIEN — Vous ferez comme lui, comme tous les autres. Et la prison ne sera plus qu'un cri immense qui monte vers le ciel.

Wilde s'est dressé. Le gardien se tait, ils se regardent. Puis le gardien sort, referme les verrous qui claquent. Wilde se rassied.

WILDE — Dans la prison de Reading, au bourg de Reading
est creusée une fosse.

Et tout au fond, un pauvre diable gît.
Aucun nom ne marque sa tombe.
...
Cet homme a tué celle qu'il aimait
et pour cela devait mourir.
...
Tous les hommes tuent ce qu'ils aiment,
Le lâche le fait d'un baiser,
Le brave avec une épée !

Scène 5

La cellule de Wilde. Il est assis et écrit sur un gros cahier posé sur ses genoux. Entre le nouveau directeur, le major Nelson. Wilde se lève.

NELSON — Asseyez-vous, je vous en prie, monsieur Wilde. Votre œuvre avance-t-elle comme vous le souhaitez ? Et votre travail à la bibliothèque, en êtes-vous satisfait ?

WILDE — Je vous remercie, monsieur le directeur. Votre arrivée ici a changé ma vie.

NELSON — Vous avez demandé l'autorisation de remettre à monsieur Ross cet ouvrage, je veux dire cette lettre, quand elle sera achevée. C'est malheureusement impossible. Je dois la conserver jusqu'à votre sortie.

WILDE — Dommage. J'aurais souhaité que son destinataire la lise avant ma libération.

NELSON — Il est, je crois, préférable que lord Douglas n'en ait pas connaissance aussi longtemps que vous serez ici.

WILDE — Mais cette lettre ne concerne pas que lord Douglas ! Elle dépasse de cent coudées sa médiocre petite personne. C'est le texte le plus important que j'aie jamais écrit. Il dit tout de moi, de ce que je pense de la vie, du Christ, de l'amour et de l'art. C'est un pur message d'humilité et de pitié. Lord Douglas et moi ne pouvons plus suivre la même route. Il a la sienne, celle d'Alcibiade. J'ai la mienne, celle de Saint François d'Assise.

NELSON — À coup sûr, monsieur Wilde, le chapelain serait heureux d'entendre ces propos. Mais cette longue lettre à lord Douglas n'est pas, me semble-t-il, empreinte seulement de charité chrétienne.

WILDE *(grave)* — J'ai compris ici, monsieur le directeur, le vrai message du Christ. Seul importe l'amour des autres et seule vous y conduit la voie de l'humilité. En vérité, le Christ est le plus grand des artistes.

NELSON — Voilà qui est admirable, monsieur Wilde. Et vous entendez publier cette lettre ?

WILDE — Pas de mon vivant, monsieur le directeur. Plus tard, ce sera à Robert Ross d'en décider. Il est mon exécuteur testamentaire.

NELSON — Excellente précaution. Quel sera son titre ?

WILDE — Robert Ross, qui est catholique, suggère *De Profundis*.

NELSON — Je partage son sentiment. Allons, je vous souhaite un bon travail.

Il sort.

WILDE — « Vous pouvez maintenant, n'est-ce pas, comprendre un peu ce que je souffre... Le souvenir de notre amitié est l'ombre qui marche ici sur mes pas, qui semble ne jamais me quitter, qui me réveille la nuit pour me conter sans cesse la même histoire... C'est qu'en vous la haine fut toujours plus forte que l'amour. Votre haine pour votre père était d'une telle stature qu'elle dépassa, éclipsa totalement l'amour que vous aviez pour moi... C'est pour la contenter que vous avez joué ma vie, comme vous avez joué mon argent, sans vous soucier des conséquences. »

Tandis que Wilde écrit, Bosie est apparu. Il contemple Wilde.

BOSIE — Et bien entendu, Oscar, j'ai perdu. La chance n'était pas de notre côté, n'est-il pas vrai ?

WILDE *(le regardant)* — C'est ma vie que tu as perdue, Bosie.

BOSIE — On ne perd que sa mise, Oscar. Et c'est toi qui l'as jouée. Personne ne t'a forcé à te lancer dans ce procès, ni à rester en Angleterre.

WILDE — Si, toi, Bosie. Et c'est pour me punir d'avoir perdu que tu ne m'as jamais écrit depuis ma condamnation ?

BOSIE — Tu avais choisi d'écrire d'abord à d'autres, à Robbie en particulier.

WILDE — Robbie sait, lui, ce qu'est l'amitié. Il m'a aidé à me défendre contre ton père et mes créanciers qui voulaient ma ruine. Ils l'ont obtenue d'ailleurs.

BOSIE — Moi aussi, je t'ai défendu. Je ne sais à combien de journaux j'ai écrit pour dénoncer ta condamnation.

WILDE — Depuis Paris et Naples, quel courage ! Et sans oublier d'y parler de toi-même et de ton génie poétique, n'est-ce pas ? Belle preuve d'amour que Narcisse eût aimée…

BOSIE — Ne parlons pas d'amour, Oscar, tu sais fort bien que tu n'as jamais aimé que toi-même.

WILDE — À cet égard au moins, le disciple aura dépassé le maître. Si tu penses que je ne t'ai jamais aimé, Bosie, pourquoi n'as-tu pas remis mes lettres et mes cadeaux à Robbie ? Tu comptes les vendre ou les donner à un autre ?

BOSIE — Sois sans crainte, Oscar. Il te suffira de venir me voir quand tu sortiras d'ici, et je te rendrai tout ce que tu m'as offert.

WILDE — N'y compte pas, Bosie.

BOSIE *(ironique)* — À bientôt, Oscar.

Il disparaît. Wilde recommence à écrire.

WILDE — « J'avais perdu mon nom, ma situation, mon bonheur, ma liberté, ma richesse. J'étais prisonnier et pauvre. Mais il me restait encore un trésor magnifique... Soudain, la loi me l'arracha. Le coup fut si terrible que je ne sus que faire... »

Apparaît Constance.

CONSTANCE — Je suis navrée, Oscar, mais il fallait qu'il en soit ainsi.

WILDE — Pourquoi avoir demandé au juge de m'interdire de voir mes fils ? Vous leur aviez retiré mon nom. Fallait-il encore m'empêcher de les embrasser ?

CONSTANCE — Mon avoué m'a dit que c'était nécessaire, qu'il fallait penser à eux, à leur avenir. Il a dit que plus tard, ces mesures pourraient être changées, que vous pourriez les voir. Cela ne dépendra que de votre comportement.

WILDE — Votre avoué n'a rien négligé ! J'ai lu l'acte qu'il a préparé. Je renonce à tous les droits que m'avait reconnus notre contrat de mariage, contre une rente de cent cinquante livres par an. J'en gagnais deux mille avant mon incarcération ! Peu importe. L'argent m'est indifférent. Mais il est stipulé que cette misérable pension cessera de m'être versée si je me lie avec des gens corrompus. Me voilà placé sous tutelle morale. Ce sera à maître Hargrove de choisir ceux que j'ai le droit de voir. La liberté ou la misère, voilà le choix que vous m'avez laissé !

CONSTANCE — À vous entendre parler ainsi, je vois bien que mon avoué a raison, et que vous n'avez pas, au fond de vous-même, renoncé à lord Douglas.

WILDE — Mais c'est vous tous qui me rejetez vers lui. Je n'ai plus ni gloire, ni fortune. Que me restera-t-il quand je sortirai d'ici ? Et pour m'interdire ce peu de bonheur que j'ose encore espérer, vous voulez m'enchaîner par des conventions et des jugements. Je crois que vous me haïssez, Constance.

CONSTANCE — Je pense à nos fils. Et parfois, Oscar, vous me faites peur.

Constance disparaît.

Scène 6

La cellule de Wilde, qui écrit. Entre Ross.

ROSS — Je suis navré, Oscar. Le ministre a encore une fois rejeté votre recours en grâce.

WILDE *(très nerveux)* — Quelle ultime cruauté ! Me refuser ces quatre pauvres jours que je demandais pour échapper aux journalistes qui me guetteront à la porte, avec leurs questions obscènes.

ROSS — Calmez-vous, Oscar. Le major Nelson m'a dit que toutes les mesures sont prises pour que vous soyez libéré dans la plus grande discrétion.

WILDE — Que Dieu vous entende, Robbie. Regardez-moi, je suis grotesque. La prison m'a abruti. Je ne veux pas être livré ainsi à la presse, pour qu'elle me ridiculise après m'avoir lapidé. À propos, Robbie, vous êtes-vous procuré tout ce que je vous ai demandé pour ma libération ?

ROSS *(souriant)* — Voyons la liste. *(Il la sort de sa poche.)* Je crois, Oscar, que nous n'avons rien oublié.

WILDE — Mais si, Robbie ! Il manque la lotion capillaire, cette divine chose baptisée Koko Marikopas, qu'on ne trouve que dans Regent Street.

ROSS — Va pour la lotion Koko, je passerai la chercher. Et je la mettrai dans le nécessaire de toilette que Reggie Turner vous a acheté. Il est magnifique. Il a fait graver les initiales que vous avez demandées, S. M.

WILDE — Oui, pour Sébastien Melmoth, le nom du Juif errant. C'est le seul qui me convienne dorénavant.

ROSS — Où pensez-vous aller en sortant d'ici ? Je crois que la campagne anglaise, ou peut-être Venise…

WILDE — Je ne peux pas aller à Venise. Il y a trop de touristes anglais, et je ne souhaite pas être une curiosité de plus. J'irai en France. Les Français, eux, sont des gens civilisés. Je séjournerai d'abord sur la côte normande, par exemple à Dieppe.

ROSS — Je vous attendrai donc à Dieppe, avec Reggie Turner. Nous préparerons tout pour votre venue. *(Il marque un instant de silence.)* À propos, Oscar, savez-vous que Bosie est à Paris ? Ce n'est pas loin de Dieppe. Quelques heures de train.

WILDE — Libre à Bosie de séjourner où bon lui semble ! Il n'est pas dans mes intentions de le revoir. Je veux d'abord me rétablir, puis écrire. Je songe à une nouvelle pièce ou peut-être un long poème.

ROSS — Je me réjouis de vous voir si plein de projets. Bientôt, vous aurez oublié cette terrible épreuve.

WILDE *(la voix changée)* — Jamais je n'en aurai fini avec elle. Le plus terrible, dans la prison, ce n'est pas qu'elle vous brise le cœur. C'est qu'elle le change en pierre.

Le gardien vient chercher Wilde qui s'interrompt. Tous deux sortent ensemble. Ross les regarde partir, immobile. Entre le major Nelson.

ROSS — Je ne l'ai jamais vu aussi bien depuis son incarcération. Le changement est saisissant.

NELSON — C'est vrai qu'il a l'air en forme. Mais j'en ai connu d'autres comme lui. La prison les a détruits, tous. Et lui aussi. Mais il ne sait pas encore.

La lumière baisse. Dans le fond de la scène, en caractères d'imprimerie du Times *:*

« Paris, le 1er décembre 1900. Un télégramme de l'agence Reuter annonce qu'Oscar Wilde est mort ici hier après-midi. La fin mélancolique d'une carrière qui s'annonçait jadis si prometteuse est advenue dans un hôtel obscur du quartier Latin. »

FIN

REMERCIEMENTS

Je remercie celles et ceux qui m'ont aidé à réunir la documentation historique préalable à l'écriture de ces pièces et de leur introduction.

Je remercie Micheline Amar pour son amitié et son enthousiasme.

J'adresse à Marylin Taverne l'expression de ma reconnaissance pour son attention lors de l'écriture de ces œuvres.

À Anne-Laure Jacquemart, ma précieuse collaboratrice sans le concours de laquelle cet ouvrage n'aurait sans doute pas été réalisé, j'exprime mon affectueuse gratitude.

Table

Composition et mise en pages
Nord Compo à Villeneuve-d'Ascq

Cet ouvrage a été imprimé en France par
CPI Brodard & Taupin
Avenue Rhin et Danube
72200 La Flèche (France)

pour le compte des Éditions Fayard
en mars 2021

PAPIER À BASE DE
FIBRES CERTIFIÉES

Fayard s'engage pour
l'environnement en réduisant
l'empreinte carbone de ses livres.
Celle de cet exemplaire est de :
1,2 kg éq. CO_2
Rendez-vous sur
www.fayard-durable.fr

N° d'édition : 30-1333-9/02 - N° d'impression : 3043198